현자의 손자 9
경천동지의 마인습격

시실리 폰 클로드
신 월포드

엘리자베트 폰 코랄
마리아 폰 메시나
"신 군."
"응?"
"뺨에……."
내 뺨에 묻은 음식을 슬쩍 집고선
그대로 자신의 입으로 옮겼다.
"지금 저 태연한 행동……."
"역시 그런 거겠죠?"
"그래, 어른이 됐구나, 신."
마리아와 에리가 무언가 확신한 듯이,
할머니는 감개무량한 듯이 속삭였다.
"아으, 아으, 신 군하고 시실리가 야해!"
야, 앨리스! 그렇게 직접적으로 표현하지 마!
부끄럽잖아!
꺄~

“““““마법 소녀
큐티 스리!”””””
린 휴즈

예카테리나 폰 프로이센
빈사의 중상을 입은
교황 예카테리나!
과연 신은 그녀를 구할 수

있을 것인가?!

경천동지의 마인 습격

현자의 손자 9

요시오카 츠요시 지음
키쿠치 세이지 일러스트
최승원 옮김

현자의 손자 9

Contents

서장

지금 이상으로 좋아하게 될 일은 없을 것이라 생각했다.

그만큼 사랑스럽고도 소중한 존재였다.

그러나 어젯밤, 그 감정은 놀라울 정도로 간단히 경신됐다.

시실리와 마리아의 합동 생일 파티 이후, 시실리는 내 방에 머물렀다.

처음으로 하룻밤을 같이 하고 사랑을 속삭이며 몸을 맞댔다.

나 이외의 누구에게도 보여주지 않는 그 모습을 본 순간, 내 안에 차오른 것은 쾌락이 아닌 미칠 정도의 애정이었다.

나에게 애정을 보내는 시실리가 사랑스러워 참을 수 없었다.

몸도 마음도 하나가 된 감동과 기분 좋은 피로에 젖어 잠이 든 우리는 아침까지 한시도 떨어지지 않았다.

그리고 아침, 눈을 뜨고 행복한 온기와 감촉에 잠겨 있으니 시실리도 눈을 떴다.

"……음."

"좋은 아침, 시실리."

눈을 뜬 시실리에게 말을 걸자 상황을 파악하지 못한 시실리는 잠시 멍하니 있다가, 새빨개진 얼굴로 내 가슴에 얼굴을 문질렀다.

"좋은 아침이에요……."

부끄러워서인지 약간 우물거리는 말투로 인사한 시실리의 모습에 격렬하게 감동한 나는 그녀에게 속삭였다.

"저…… 괜찮았어?"

"어? 아, 조, 조금 아팠지만 괜찮아요."

시실리는 붉게 물들이면서도 미소 지으며 그렇게 답했다.

그 미소에 참을 수 없게 된 나는 시실리를 꼭 안고서 속삭였다.

"정말로 사랑해……."

"……저도 사랑해요."

그렇게 말하며 시실리도 꼭 안아주었다.

이건 정말이지…… 참을 수 없다.

"아……."

시실리가 무언가 깨달았지만 어쩔 수 없는 일이다.

"……아침이니까."

"……아이, 참."

그날 아침은 확실하게 이 인생에서 가장 좋은 아침이었다.

제1장

슬픈 이야기

다양한 의미로 떠들썩했던 생일 파티 다음 날.

파티에 사용된 공은 마리카 씨를 포함한 메이드들이 깔끔하게 치워주었다.

정말이지 월포드 가문의 사용인들은 수준이 높다.

그리고 어제 잔뜩 취해 그대로 잠든 사람이 많다 보니 그 사람들의 아침 식사도 준비하기 위해 아침부터 바삐 움직였다.

항상 우리를 도와주는 이 사람들에게도 무언가 해줘야겠지.

그런 생각을 하며 거실 소파에 앉아 메이드들이 일하는 모습을 바라보았다.

"신 군, 뭐 해요?"

마리카 씨와 다른 메이드들이 일하는 모습을 멍하니 바라보고 있으니 곁에서 밀착해서 앉은 시실리 씨가 말을 걸었다.

"응? 아니, 마리카 씨하고 다른 메이드들에게 항상 신세를 지고 있으니 뭔가 해줄 수 있는 게 없을까 해서."

생각한 것을 그대로 말하니 시실리는 갑자기 내게 몸을 기댔다.

"다른 사람을 소중히 여기는군요. 자상한 신군…… 좋아해요."

그렇게 말하며 머리를 가슴에 기대는 시실리.

귀, 귀엽잖아, 젠장!

어리광부리는 시실리에게 참을 수 없게 될 것만 같았을 때.

"자, 잠깐, 뭐야? 이 달달한 분위기는?"

"눈꼴시네요."

"흐아아, 어른의 정사예요!"

우리 집에서 하룻밤 머문 마리아, 에리, 메이 셋이 일어났다.

"앗, 안녕하세요."

"……시실리가 허둥대지 않잖아……."

"어머, 혹시."

"흐에?"

아무렇지도 않게 인사하는 시실리를 보고서 마리아와 에리는 무언가 알아차린 듯했다.

메이는 소파에서 노닥거리는 것을 보고서 반응한 듯하다.

그나저나 자주 그런 말을 하던데, 어째서 열 살짜리 아이가 정사라는 말을 알고 있는 거지?

"그렇고…… 그런 거지?"

"축하한다고 말하는 편이 좋을까요?"

"어? 무슨 일 있었나요?"

사정을 눈치챈 듯한 마리아와 에리에 비해 아무것도 모르는 메이를 보고 조금 훈훈해졌다.

그러자 뒤이어 오그와 앨리스도 일어나 거실로 나왔다.

"아침부터 뭐 하는 거야?"

"안녕…… 아! 신 군하고 시실리가 평소보다 더 붙어 있잖아!"

"안녕하세요."

오그에게까지 그 상태로 인사할 수는 없었는지 시실리는 내게서 떨어져 자세를 바르게 고쳤다.

그런 시실리의 옆에 서서, 두 사람과 같은 방에서 잠든 디스 아저씨와 앨리스의 아버지이신 그렌 씨에 대해서 물었다.

"좋은 아침. 다른 사람들은?"

"어제 상당히 마셨나 봐. 곯아떨어졌지."

"우리 아버지도…… 어휴, 부끄럽긴!"

취한 디스 아저씨는 자주 봤지만 그렌 씨는 술을 마시는 모습을 처음 봤다.

해롱해롱 취한 모습을 보인 것이 부끄러웠겠지.

앨리스가 투덜거렸다.

하지만 그렌 씨의 심정도 어쩐지 이해가 된다.

"존경하는 교황님의 그런 모습을 봤으니까……."

예카테리나 씨를 교황님이 아니라 성녀님이라 불렀다.

젊었던 시절의 아이돌이었겠지.

그런 사람에게 연인이 있었다는 것이 밝혀졌으니까.

상당히 충격이었겠지.

그러나 디스 아저씨는 다른 것 같았다.

“아바마마는 사정을 알고 계셨어. 그냥 과음하신 거다. 정말이지, 오늘도 공무가 있는데 말이야.”

여전히 디스 아저씨에게는 신랄하구나, 오그.

“그것보다…….”

“왜?”

디스 아저씨 일로 투덜대던 오그는 나와 시실리를 보고서 무언가 말하려 했다.

“너희 혹시…….”

“안녕…….”

오그도 무언가 깨달은 것 같았지만 그 말을 가로막듯이 어제 무리하게 마셨던 예카테리나 씨가 비틀대는 발걸음으로 나타났다.

대국의 왕태자라지만 창신교의 교황을 무시할 수는 없었는지 그 이상 말하지 않았다.

무엇을 말하려 했는지는 모르겠지만, 일단 숙취에 시달리는 예카테리나 씨에게 인사했다.

“안녕하세요, 예카테리나 씨. 괜찮으세요?”

“안녕, 신 군. 어제 스승님하고 이야기를 나눈 뒤의 기억이 없는데…… 이상한 행동은 하지 않았니?”

뭐, 그렇게나 취했으니까…….

그보다 어젯밤의 그 추태를 알려주는 편이 좋을까?

“네? 아니요…….”

그렇게 말하며 시선을 돌리니 다들 고개를 붕붕 저었다.
어제 일은 없었던 셈 치려는 거겠지.
"딱히 아무 일도……."
"그래, 다행이야…… 아, 머리 아파……."
"괘, 괜찮으세요?"
숙취에 시달리는 예카테리나 씨에게 시실리가 말을 걸었다.
"괜찮아. 이렇게 될 때까지 마신 건 오랜만이라 몸이 놀란 걸까. 무리하면 안 되겠어."
뭐, 교황님이니까.
마신다고 해도 건배나 입을 적시는 정도겠지.
다른 어른들과 비교해 상당히 빨리 취했으니까.
"그나저나 기억이 없을 때까지 마시다니…… 한심한 모습을 보였네."
"가끔은 괜찮지 않을까요? 휴식도 필요하잖아요."
"후후. 고마워, 신 군. 그럼 슬슬 돌아가야지."
일어나 바로 돌아가려는 예카테리나 씨.
그렇게 서두르지 않아도 괜찮을 것 같은데.
"곧 아침 식사가 준비될 텐데요."
"저쪽에서도 아침 식사가 준비될 거야. 그걸 먹지 않으면 어젯밤에 외출한 걸 들키니까."
"말없이 나온 건가요?!"
무슨 짓이야, 이 사람?! 확실히 게이트를 쓸 수 있으면 몰래 빠져나올 수 있긴 하지만.

그보다…….

“몰래 나왔다면 할아버지가 예카테리나 씨의 개인실에 간 건가요?”

“그래. 예전에 방랑 여행을 하던 시절 이스에 들렀던 적도 있고, 이스에서는 선생님과 스승님이 내 은사라는 건 제법 알려져 있어.”

“그렇구나.”

“너희가 마인을 토벌한 뒤에 통신기로 디 오빠한테 연락해서 스승님들한테 와달라고 부탁했어. 그때 방까지 안내했지.”

“어느새…….”

우리가 마인령 공략 작전에서 왕도로 돌아온 뒤 할아버지와 할머니가 자주 집을 비운 건 그런 사정 때문이었나.

“하지만 무슨 일로 부르셨나요? 무슨 볼일이라도?”

“아니? 그냥 평소의 푸념이나 신세타령을 늘어놨을 뿐인데?”

“……디스 아저씨도 산속에서 살 때 자주 신세타령을 하러 오셨는데…… 국가 원수는 할아버지, 할머니에게 신세타령 하는 게 유행인가요?”

내가 그렇게 말하자 예카테리나 씨는 쓴웃음을 떠올리며 말했다.

“나와 디 오빠, 아론도 그렇지만, 나라의 우두머리가 되면 신세타령을 할 수 없게 돼. 약점을 잡히니까. 반면에 선생님하고 스승님이라면 가볍게 신세타령할 수 있지."

정말로 입조심해야 하는구나…….

분명 평소에 하지 못한 푸념이 쌓여 있겠지.

반면에 할아버지와 할머니는 오래 알고 지냈으니 말하기 쉬운가보다.

예카테리나 씨와 그런 이야기를 나누니 당사자들이 일어났다.

"호오. 일어나 있었군."

"잘 잤니? 몸은 괜찮고?"

"아, 선생님, 스승님. 안녕하세요."

그런데 아까부터 신경 쓰였는데 선생님이라는 건 할아버지를 말하는 건가?

"할아버지, 선생님이라고 불리는구나. 예전에는 다른 사람을 잘 가르치지 못했다고 하지 않았어?"

"이 녀석이 멋대로 부르는 것뿐이다."

"보기만 해도 공부가 됐는걸요. 그러니까 선생님이죠."

보는 것만으로 많은 것을 흡수했다는 건가.

성녀라 불리며 교황의 자리까지 오른 사람이니까.

이 사람도 천재일 것이다.

그런 잡담을 나누었지만 사정을 아는 듯한 할머니가 예카테리나 씨에게 말을 걸었다.

"그럼 슬슬 돌아갈 거니?"

"네. 부탁드려요."

"흠. 그럼 가볼까."

그렇게 말한 할아버지가 게이트를 열었다.

그 게이트에 다가가던 예카테리나 씨가 우리를 바라보았다.

"그럼 여러분, 다음에 만나는 건 결혼식이겠네요. 그때까지 잘 있어요."

『네! 교황님도 건강하세요!』

다들 깍듯하게 고개를 숙여 예카테니라 씨에게 인사했다.

"다시 만나길 기대할게요."

"후후. 그럼 이만."

우리에게 가볍게 윙크를 한 예카테리나 씨는 게이트를 지나 이스에 있는 자신의 방으로 돌아갔다.

나는 그렇지도 않았지만 다른 아이들은 한숨 놓은 듯이 하나같이 숨을 내쉬었다.

"그렇게 긴장할 일이야?"

"네가 너무 특별한 거야. 창신교의 톱이잖아. 보통은 만나는 것만으로도 행운인데……."

"설마 정말로 이름을 부를 줄은 꿈에도 몰랐어요."

오그처럼 왕족이라 해도 쉽게 만날 수 없는 사람인가.

하지만 디스 아저씨라면 예카테리나 씨의 사형이라고 하니 만나려고 하면 만날 수 있지 않을까?

그리고 에리가 말한 것처럼 이름을 부른 것은 할아버지와 할머니의 제자였으니 갑자기 친근감이 생겼으니까.

나는 두 사람의 손자인 동시에 스승과 제자이기도 하니까.

내게는 선배? 같은 느낌이 들었다.

“정말이지 넌…… 인간관계조차 비상식적이라니 어떻게 된 거야?”

마리아가 그렇게 말했지만 인간관계에 관해선 내 탓이 아니라고!

“할아버지, 할머니 때문이야, 그건!”

그렇게 아옹다옹하고 있으니 2층에서 누군가가 내려오는 발소리가 들렸다.

“아…… 머리 아파…….”

“잠깐…… 형님. 흔들지 마소…….”

디스 아저씨와 아론 씨, 사형 두 사람이 휘청거리며 나타났다.

사형으로서도 국가원수로서도 위엄이 없었다.

“어? 카체는 벌써 돌아갔나?”

“지금 막 돌아갔어. 디스 아저씨와 아론 씨는 돌아가지 않아도 괜찮아?”

“나한테 월포드 저택은 별채나 마찬가지지. 걱정할 사람이 없어.”

“전 돌아가야 합니데이. 일단은 아내 앞에서 아저씨를 따라 게이트로 떠났으니 이상한 착각은 하지 않겠지만, 그것과 이건 별개니까요…….”

“여기에도 아내 앞에서 고개를 못 드는 사람이…….”

지금까지 집에서 떵떵대는 남편을 본 적이 없다.

혹시 그런 표현조차 없는 걸지도…….

그러자 아론 씨가 디스 아저씨에게 동의를 구하는 듯이 말을 걸었다.

“아저씨도…… 그렇죠?”

“아니, 멀린 님을 끌어들이는 건 좀…… 상대는 메리다 사부라고.”

“그거 못 당하겠네요.”

할아버지를 끌어들인 아저씨 둘은 즐겁게 웃고 있지만 나는 웃을 수 없었다.

예카테리나 씨를 게이트로 데려다주러 갔을 뿐이잖아?

오래 걸릴 리가 없다.

그러니까…….

“호오? 너희들, 즐겁게도 이야기하고 있군.”

“으헉! 스, 스승님?!”

“메, 메리다 스승님?! 버, 벌써 돌아오셨습니까?!”

두 사람의 뒤에 게이트가 열리고 할머니가 나타난 것이 보였다.

당연히 방금 대화도 들렸을 테고…….

“아무래도 너무 오래 높은 자리에 있다 보니 교만해진 모양이구나. 이거 살짝 마음가짐을 고쳐줘야 하겠지?"

"엇?!"

"그, 그런?!"

국가 원수 두 사람이 절망에 빠졌잖아.

역시 할머니가 세계 최강인가…….

결국 디스 아저씨와 아론 씨는 거실에서 무릎을 꿇었고 마찬가지로 자고 있던 줄리아 아주머니가 깨어날 때까지 긴 설교를 들어야 했다. 아침 식사가 마련됐을 무렵에는 두 사람 모두 진이 빠진 모습이었다.

숙취와 설교의 충격으로 비틀거리며.

그때 그런 아론 씨의 모습을 본 나는 어떤 생각이 떠올랐다.

"아."

"신 군, 왜 그래요?"

나도 모르게 소리를 내자 시실리가 무슨 일인지 물었다.

"예카테리나 씨와 아론 씨에게 그 펜던트를 빌려드릴 걸 그랬어."

"네? 아. 숙취가 심해 보였죠."

"뭐, 이제야 드는 생각이지만 어제 건네 드렸더라면 그렇게 잔뜩 취하지 않았을 텐데."

"몰랐네요."

우리가 평소에 지닌 『이물 배척』 효과가 부여된 펜던트를 예카테리나 씨와 아론 씨에게 빌려줬더라면 어제 아무리 많이 마셔도 숙취에 시달리지 않았을지도 모른다.

"죄송하네."

내가 그런 말을 하자.

"그렇게 신경 쓸 필요 없단다. 그건 자업자득. 술은 자기가 자제해야 하는 법. 이걸로 조금은 반성하겠지."

아론 씨를 배웅할 때는 동행하지 않았던 할머니가 그렇게 말했다.

괴로움을 직접 느낀 뒤 실패로부터 배우라는 말인가.

할머니는 여전히 엄격하다.

마찬가지로 숙취에 시달리던 디스 아저씨도 거북한 표정이었다.

할머니는 그런 디스 아저씨를 내버려 두고 아침 식사가 놓인 테이블에 앉았다.

우리도 뒤를 이어 테이블에 앉았고, 결국 그렇게 아침을 맞이한 모두가 식사를 함께 했다.

평소 우리 셋만 사용하는 커다란 테이블은 오늘에서야 본래의 목적을 이룬 것처럼 사람들로 가득했다.

그나저나 이거 옆에서 보면 이상한 광경이겠지?

왕족, 귀족, 평민이 같은 테이블을 사용하는, 우리 집 이외에는 절대로 있을 수 없는 조합으로 아침을 먹는다.

왕족과 귀족은 신경 쓰지 않는 것 같았지만 평민인 앨리스 부녀는 무척이나 불편해 보였다.

그렇다고 두 사람만 따로 식사하는 것도 따돌리는 것만 같아 불쌍하고.

뭐, 조만간 익숙해지겠지.

그런 식으로 생각하며 식사했기 때문인지.

"신 군."

"응?"

"뺨에……."

"어? 아."

음식이 묻은 걸까.

뺨을 만지고 있으니 시실리가 미소 지으며 손을 뻗었다.

"여기에요."

그리고 내 뺨에 묻은 음식을 슬쩍 집고선 그대로 자신의 입으로 옮겼다.

"먹을 땐 딴생각하면 안 된다고요."

"그러게, 미안."

그렇게 시실리와 태연하게 행동하고 있자니 어째서인지 이상하게 시선이 느껴졌다.

목소리도 멈췄고, 어째서?

"지금 저 태연한 행동……."

"역시 그런 거겠죠?"

"그래, 어른이 됐구나, 신."

마리아와 에리가 무언가 확신한 듯이, 할머니는 감개무량한 듯이 속삭였다.

"어?"

"네?"

나와 시실리는 지금 행동으로 무엇을 알게 된 것인지 알 수 없었다.

뭐야? 뭘 이해한 거야?

"그렇군, 그래. 이건 꼭 이 사태를 신속하게 끝내야 하는 모양이야."

"힘내세요, 여보."

어쩐지 디스 아저씨가 갑자기 의욕을 냈고 줄리아 아주머니도 아저씨를 응원했다.

"저기…… 다들 무슨 말이야?"

모두가 무슨 말을 하는지 정말로 알 수 없었던 내가 그렇게 묻자 오그가 답했다.

"어른이 된 너희를 위해 서둘러 결혼식을 열어야 한다고 생각하시는 거겠지."

"아, 그런 거였어……."

"하으?!"

그게 들킨 거구나…….

"아으, 아으, 신 군하고 시실리가 야해!"

야, 앨리스! 그렇게 직접적으로 표현하지 마! 부끄럽잖아!

이미 다들 무슨 일이 있었는지 알게 됐는지 정말이지 따뜻한 시선을 받게 됐다.

시실리는 새빨개져서는 고개를 들지 않았다.

그런 내 얼굴도 빨개졌을 것이 분명하다.

이런, 엄청 부끄럽잖아…….

"어? 무슨 일이 있었나요?"

그런 상황에서 유일하게 아무것도 모르는 메이를 보고서 훈훈해진 것은 말할 것도 없다.

그렇게 부끄러운 아침 식사가 끝나고 하룻밤을 보낸 사람들도 각자의 집으로 돌아갔다. 시실리만이 남은 집에 평소 같은 일상이 돌아왔다.

어제의 소동이 거짓말인 것처럼 조용해진 집에서 할아버지와 할머니, 나와 시실리는 거실 소파에 앉아 있었다.

할아버지 할머니가 할 말이 있다고 말했기 때문이다.

무슨 일일까?

혹시 너무 일렀던 걸까?

혼날지도 모른다고 생각에 긴장하며 두 사람의 앞에 나란히 앉은 나와 시실리.

할아버지 할머니는 무척이나 복잡한 표정으로 좀처럼 말을 꺼내려 하지 않았다.

그, 그렇게나 난처한 상황인 건가?

그렇게 생각한 순간이었다.

"실은 말이다…… 신에겐 아직 하지 않은 이야기가 있다."

"하지 않은 이야기? 예전에 제자가 있었다는 거?"

"뭐, 비슷한 거지."

그렇다면 예전 일인 건가.

그러고 보니 진에 마인을 쓰러뜨린 적이 있다는 말은 들었지만, 그것이 할아버지 할머니의 친구였을 줄은 생각지도 못했다.

그런 이야기일까?

그렇게 추측했는데…….

"신은 이상하지 않았니? 우리는 부부였어. 그럼…… 아이는 없었을까? 하고."

"그건……."

생각한 적이 있다.

그러나 세상에는 아무리 아이를 원해도 생기지 않는 부부가 있다.

그래서 할아버지 할머니도 그런 부부일 것이라고 멋대로 생각했다.

하지만 저 말투를 보면 아니었던 걸까?

그리고 할머니가 간신히 그 무거운 입을 열었다.

"어제, 그 아이…… 예카테리나에게 연인이 있었다고 이야기했었지?"

"응."

고주망태가 됐을 때 이름을 말했었지.
"그 연인이라는 게 말이다……."
할머니의 말을 이어 할아버지가 말을 꺼냈는데, 이 흐름은 설마…….
"우리의 아이…… 이름은 슬레인이라고 한단다."
역시…… 그렇구나…….
하지만 그렇다면.
"어젯밤 예카테리나가 한 말. 그걸로 이해했겠지? 슬레인은 이미 죽어 이 세상에 없어."
"그랬구나……."
부모로서 아이를 먼저 보내는 것이 얼마나 괴로운 일일까.
나는 전생에서도 지금도 부모가 된 적이 없으니 알 수 없다.
그러나 상당히 괴로우리라는 것은 추측할 수 있다.
"……괴로웠겠구나…… 할아버지 할머니."
"신……."
"바보! 그, 그런 소리 하는 게 아니야!"
떠올랐는지 두 사람의 눈에 눈물이 떠올랐다.
그야 말할 수 없었겠지.
괴로운 일을 떠올리게 되니까.
"할아버지 할머니. 힘들면 말하지 않아도 괜찮아."
"……아니, 우리는 가족이다. 가족 사이에 있었던 일은 다들 알아둬야 하지."

"지금까지 말하지 않았던 우리가 할 말은 아니지만, 예카테리나의 말을 듣고 깨달았단다. 가족인 신에게 숨겨두어선 안 된다고 말이야."

분명 자신들의 아이를 잃은 이야기는 하고 싶지 않을 것이다.

그러나 할아버지 할머니는 내가 가족이니 알아두어야 한다고 말해주었다.

그렇구나…… 가족이니까.

두 사람이 그렇게 결의해준 사실이 기뻤다. 그러나 힘든 이야기를 꺼내야 하는 상황에 가슴을 아파하며 두 사람의 이야기를 듣기로 했다.

"알았어. 전부 들을게. 들려줘."

"할아버님 할머님. 저도 들을게요. 들려주세요."

시실리도 이곳으로 불렀다는 것은 그녀도 가족으로 인정받았다는 뜻이다.

그 사실을 파악한 시실리도 두 사람의 이야기를 들을 자세를 갖췄다.

"그래. 슬레인을 낳은 건 우리가 마인을 토벌하기 몇 년 전이었지."

"장난꾸러기여서…… 너와는 다른 의미로 눈을 뗄 수 없는 아이였단다."

두 사람이 과거를 떠올리며 부드러운 표정을 지었다.

행복한 시절의 기억이…….

“당시 나는 마물 헌터를 했었다. 아이가 태어날 때까지는 멜리다와 페어로 일을 했었지.”

“내가 아이를 낳은 뒤로 멀린 혼자서 마물 사냥에 나섰는데…… 소재를 엉망으로 만들어오는 일이 많았지…….”

“어? 그랬어?”

“허허…… 전에는 세밀한 마법이 서툴렀지.”

의외다. 엄청나게 의외다.

“슬레인을 키워야 하니 돈이 필요한데 항상 폭주해서는.”

“이, 이제 와서 그런 이야기는 됐잖아? 슬레인 이야기부터 해야지.”

“아, 그랬지.”

할아버지의 젊은 시절 이야기도 궁금하지만 지금은 그것보다 슬레인 씨의 이야기가 먼저다.

“슬레인을 키워야 하니 돈이 나갈 곳이 얼마나 많았던지. 나도 독자적으로 마도구를 개발해서 생활비를 벌었단다.”

“서민의 생활에 도움이 되는 마도구를 만들어서 말이다…… 나보다 수입이 많았지…….”

할머니는 온 세상 사람이 사용하는 마도구를 만든 사람이니까.

그야 수입도 굉장했겠지.

“흠, 어쩐지 의외야.”

나는 할아버지 곁에 있었던 탓인지 마법사를 무척이나 동경했다.

뭐, 마도구를 만드는 방법도 배웠지만.

"그러던 어느 날 마인 소동이 일어났는데……."

마인 이야기가 시작되자 두 사람의 얼굴에 그늘이 졌다.

그쪽도 괴로운 과거였으니…….

"전에 이야기했던 것처럼 쓰러뜨린 마인은 우리와 알고 지낸 친구였다. 친구를 쓰러뜨리고 영웅으로 추앙받는 것을 견딜 수 없어서 말이다…… 슬레인이 어른이 된 이후 왕도를 나와 여행을 떠나기로 했다."

"그 여행이었지, 디세움이 따라온 건."

그렇다는 건 그 여행은 다른 한 명, 슬레인 씨까지 포함해서 파티를 이뤘던 건가.

"도중에 신자가 되려던 예카테리나가 들어왔지. 같은 나이였던 두 사람은 생각보다 빨리 마음이 맞아서 사랑하는 사이로 발전하기까지 그리 오래 걸리지 않았단다."

열다섯, 열여섯 때인가. 나와 시실리와 똑같다.

시실리도 같은 생각을 했는지 내 손을 잡았다.

그러나 그것은 연인의 손길이 아닌 떨리는 손이었다.

아마도 그 후에 비극이 기다리고 있으리라 생각한 탓이겠지.

"행상 도중 마물의 습격을 받은 아론도 자신을 구해준 우리를 그대로 따라 왔었지. 그러고서 몇 년…… 여행은 순조로웠단다."

연인이 된 이후 몇 년이 흐른 건가.

결혼은 하지 않았던 걸까?

그 의문은 할머니의 이어지는 말로 해소됐다.

"슬레인이 마도구 장인으로서 자립할 수 있게 되면 두 사람은 결혼할 예정이었지."

그렇구나. 생활의 기반이 잡힐 때까지 기다린 건가.

확실히 결혼해도 생활을 이어나갈 수 없으면 의미가 없으니까.

"그게 말이지…… 드디어 결혼하려 카체의 부모님께 인사를 드리러 갔을 때 당치도 않은 소식이 들어왔어."

"당치도 않은 소식?"

"그래…… 용이 말이다, 마물화했다더구나."

"용?"

"그, 그런?! 설마?!"

시실리는 무척 놀란 모양이지만 나는 잘 이해가 안 됐다.

어? 용이라면 드래곤?

상상 속의 동물로 존재하지 않는 것 아니었어?

"저기, 용이라고? 실존하는 거야?"

"응? 아, 신은 모르는구먼."

"초식룡이나 육식룡이 있는데 마물이 되지 않아도 몇 미터는 되는 거구의 도마뱀 같은 생물이지."

초식룡에 육식룡인 도마뱀이라면…….

"공룡도 아니고."

"공룡?"

"무슨 말이니. 용은 용이지."

"아, 하하하. 그, 그렇구나. 그런 생물이 있었구나."

위험해라. 나도 모르게 괜한 말이 나왔다.

그나저나 이 세계에서는 공룡이 살아남았구나.

"용은 그 피부가 상당히 고급 소재야. 마법을 익힌 사람이 남획해서 수가 줄어서 말이다. 어떤 지역에 보호되고 있지."

"생물은 커다랄수록, 그리고 지혜로울수록 마물화되기 어렵다고 알려졌단다."

"그래서 용은 마물화하지 않는다고 여겨졌던 동물이었지."

"하지만…… 그렇게 되고 말았다는 건가."

"고작 몇 년 전에 사람이 마물화하는 것을 본 우리는 비교적 쉽게 그것을 받아들였지만 말이다."

"마인 소동과 직접적인 관련이 없던 사람은 정말이지 큰 혼란에 빠졌었단다."

"어쩌다 거기에 있던 우리에게 토벌 의뢰가 온 거지."

그렇겠지. 전대미문의 사태로 혼란에 빠진 상황 속에서 침착함을 유지한 마인 토벌의 영웅이 있다면 누구든 매달릴 것이다.

"그렇게 의뢰를 받은 우리는 그 마물을 확실히 토벌했지.

그랬지만……."

"……그 전투 도중 슬레인이 예카테리나를 감싸다……."

"그만 됐어! 더 말하지 않아도 괜찮아!"

두 사람의 얼굴이 점점 괴로워 보였기에 나도 모르게 두 사람의 말을 막았다.

그 장면을 떠올린 두 사람은 한동안 비통한 표정이었지만 이내 다시 말을 이어나갔다.

"예카테리나의 이성을 잃은 모습, 넋이 나간 모습은 심각했지. 간신히 마음이 망가지지 않고 견뎠지만…… 지금도 그 상처를 안고 있을 거다. 지금 나이까지 홀몸인 게 그 증거지."

어제는 이미 떨쳐냈다는 투로 말했지만 아직도 마음에 담고 있겠지…….

술에 취했을 때 쓸쓸하다고도 말했고…….

"……우리도 슬레인의 일이 상당히 충격이어서…… 자식도 지키지 못하는 녀석이 무슨 영웅이냐 싶었어. 그래서 헌터를 관뒀단다."

"슬레인을 죽게 둔 것은 우리의 관계도 바꿔버렸지. 나와 멜리다도 아이를 지키지 못한 것을 후회했다. 서로 자기 탓이라고 스스로를 내몰았지."

"그런 상태로 부부 생활을 이어가는 건 고통일 뿐이라…… 그렇게 이혼한 거란다."

그렇구나.

무슨 일이 있을 것 같다고는 생각했지만 이렇게 무거운 이야기였을 줄은…….

"그 후로 몇 년 후였지, 신을 주운 것은."

그런 괴로운 과거가 있었을 줄은 전혀 몰랐다.

나에게 그런 모습을 보이지 않도록 배려해준 거겠지…….

"정말이지 기적이라 할 수밖에 없는 상황에서 살아남은 신을 주웠지. 신분도 모르는 갓난아이가 내 품에 있었어. 나는 그걸 천명이라고 느꼈다. 이번에야말로 이 아이를 죽게 내버려 두지 말고 키우라는 뜻이라고 말이야."

"그랬구나……."

"……그래서였어? 당신이 신에게 말도 안 되는 마법을 알려준 게?"

"그래. 솔직히 신의 학습 능력에 폭주해버린 건 부정할 수 없다만…… 신이 누구에게도 해를 입지 않도록 강해졌으면 한 것이 속내였지."

"그 결과가 이거라니……."

어라?

어느 틈에 내 이야기가 시작돼 할머니가 한숨을 쉰다.

왜 이렇게 된 거야?!

"저기…… 질문해도 괜찮을까요?"

두 사람의 이야기 흐름이 나를 겨누게 된 점에 의문을 품고 있을 때 시실리가 손을 들었다.

"흠. 할 말이 뭐냐?"

"편히 말하렴."

무슨 일이지?

"계속 알 수 없었어요. 보통 아이를 주우면 그 사람은 키워준 부모, 그러니까 양부가 될 텐데…… 할아버님은 어째서 할아버지와 손자로서 신 군을 키우셨나요?"

"그러고 보니 그러네. 할아버지는 할아버지라서 지금까지 전혀 이상하다고 생각하지 못했어."

그러자 할아버지는 살짝 쓴웃음을 지으며 이야기했다.

"슬레인과 예카테리나가 그대로 결혼했더라면…… 아마도 신 정도의 손자가 생기지 않았을까 하는 생각이 들어서 말이다."

"……신의 진짜 부모와 가족에겐 죄송한 일이지만…… 신을 처음 봤을 땐 나도 그렇게 생각했다. 이 아이는 우리의 손자다…… 하고."

처음부터 나를 손자로 키운 것은 사건이 없었더라면 나만한 손자가 있어도 이상하지 않았기 때문.

아무 일도 없었더라면 정말로 그렇게 됐을 테니까.

그래서 『손자』로 키워준 건가…….

영웅의 손자, 현자의 손자라고 불리지만 그런 슬픈 마음이 담겨 있었구나…….

"어제 취한 카체가 자신을 엄마라고 부르라고 했지?"

"응…… 정말 엉뚱한 말이었다니까."

그땐 정말 곤란했었다.

교황님을 이름으로 부르는 것만이 아니라 엄마라고 부르라니 엉뚱한 것도 정도가 아니다.

주변 분위기가 굳어버린 것이 느껴질 정도였으니까.

"그것도 마찬가지겠지."

"어?"

"원래라면 나와 멜리다의 손자는, 예카테리나가 낳았을 테니 말이다."

"아……."

『스승님의 손자라면 내 아들이 돼도 상관없잖아?』

취해서 발음이 정확하지 않았지만 분명 그렇게 말했다.

그렇구나…… 예카테리나 씨도 할아버지 할머니와 같은 생각이었어…….

나를 낳지 못한 자신의 아이와 겹쳐 본 거겠지.

"역시 엄마라고 부르는 편이 좋을까?"

"그건 안 된다."

"그렇게 부르면 안 돼."

그런 슬픈 과거 이야기를 들으니 예카테리나 씨를 엄마라고 부르는 편이 좋을 것 같았지만 할아버지 할머니는 반대했다.

"왜?"

"영향력이 너무 크니까."

"신의 사자라고도 불린 네가 교황을 엄마라고 불러보렴.

엄청난 소동이 벌어질걸?"

"그, 그렇구나. 역시 그만둘게."

솔직히 말하자면 심정적으로는 동정하지만 나 자신이 예카테리나 씨를 어머니라고 생각하는가 하면…… 딱히 같이 산 것도 아니니 좀 어렵긴 하지.

할아버지 할머니를 조부모로 여기는 것은 오늘까지 나를 키워주셨기 때문이니까.

그런 생각을 하고 있으니 할아버지 할머니가 덧붙였다.

"말해두겠다만 확실히 슬레인과 예카테리나에게 아이가 없었던 것은 안타까운 일이야. 하지만 우리는 널 그 대체라고 생각한 적은 한 번도 없었다."

"그래. 너는 너지. 그걸 착각한 적은 없었단다."

"할아버지…… 할머니."

알고 있어, 할아버지 할머니.

난 한 번도 그런 느낌을 받았던 적이 없었으니까.

두 사람은 내게 항상 진정한 할아버지 할머니였으니까…….

"신 같은 아이라니, 이 세상 어디에도 찾아볼 수 없을 테니까."

"허허. 그건 그렇지."

"저기…… 그러네요."

모처럼 감동했는데 다 식었잖아!

제2장

각자의 일상

“전하. 아우구스트 전하.”

“음?”

알스하이드 왕성 안을 이동하던 아우구스트를 관료로 보이는 남성이 불렀다.

“무슨 일이지?”

“죄송합니다. 폐하께서 부르십니다.”

“아바마마가?”

“네. 회의실에서 기다리고 계십니다.”

“알았다. 수고했군.”

“황공합니다.”

이렇게 아우구스트가 디세움에게 불린 것은 최근에는 사실 자주 있는 일이다.

아우구스트는 입태자 의식을 마치고 왕태자가 되기 전부터 국정에 적극적으로 참가했다.

이건 전적으로 신 때문이리라.

인생에서 처음 생긴 서로에게 전혀 거리낌이 없는 친구.

게다가 그 친구는 자중할 줄도 모르는 상식도 부족하다.

그 친구가 어떤 소동을 일으킬 때마다 아우구스트는 그 뒤처리라 할 수 있는 행동을 나서서 해왔다.

그리고 지금 자신은 얼티밋 매지션즈의 차석.

멀린이 은거하고 있기에 실질적으로 세계 2위의 힘을 지닌 마법사가 됐다.

그런 사정으로 정식 왕태자가 된 현재, 특히 군사 방면에 대해서는 아우구스트의 발언력이 상당히 커졌다.

최근 왕국의 회의에서 최우선 의제로 떠오른 것은 얼마 전까지 아우구스트도 참가했던 마인령 공략 작전에 대해서다.

이번에 불린 것도 그 마무리 부분에서 아우구스트의 의견을 듣기 위해서라는 것은 간단히 예측할 수 있었다.

"되도록 빨리 이 작전의 종식 선언을 해야 한다. 그게 끝날 때까지 우리의 결혼식을 열 수 없으니까."

회의실로 가는 도중 아우구스트는 측근이자 호위인 토르와 율리우스에게 그렇게 말했다.

"역시 폐하도 서둘러 에리 님과 결혼하고 싶으십니까? 아니면 신 님을 위해서입니까?"

"뭐, 그런 이유도 있지만."

"그럼 그것 외에 빨리 결혼식을 열고 싶은 이유가 있다는 말씀입니까?"

토르와 율리우스는 빨리 사태를 종결하고 결혼식을 치르고 싶어 하는 아우구스트에게 의문을 품었다.

"나와 신의 결혼식은 예카테리나 교황 예하가 거행하신다. 그건 세계를 구한 영웅의 결혼식을 세계에서 제일 사랑받는 사람이 거행한다는 뜻. 그게 어떤 광경일까?"

아우구스트의 말에 토르와 율리우스는 그 광경을 상상했다.

"그건…… 평화로운, 행복한 광경이군요."

"그렇군요. 마인의 대량 발생이라는 거짓말 같은 사태에 지친 민중에게는 그것만큼 기쁜 일은 없을 것입니다."

"그래. 모든 사태가 끝나고 세계에 평화가 찾아왔다는 것을 알리기에 우리의 결혼식만큼 유효한 수단은 없어."

자신의 결혼식을 이번 일련의 사태가 종식됐다는 선언으로 활용한다는 뜻이다.

확실히 엘리자베트와 결혼식을 열기를 무척이나 기다려온 부분도 있을 것이다.

그러나 아우구스트가 결혼식이라는 것을 생각했을 때 제일 먼저 떠오른 것이 사태의 종식 선언을 겸한 행사였다.

그 말을 들은 토르와 율리우스는 서로 얼굴을 마주하며 어깨를 으쓱였다.

'정말이지 이분은…… 자신의 행복보다 민중의 안심이 먼저로군요…….'

토르는 아우구스트의 그 자세에 좋은 인상을 받으면서도 조금 더 나이에 걸맞게 자신의 행복을 추구해도 될 텐데 하는 생각에 동정도 했다.

아우구스트는 태연했지만 토르와 율리우스는 가만히 있을 수 없었다.

그래서 분위기를 누그러뜨리기로 했다.

"그렇군요. 자신의 결혼식을 정치 도구로 삼으실 생각이시군요. 에리 님이 들으시면 어떻게 말씀하실지."

토르의 그 말에 아우구스트가 다급히 말했다.

"야, 에리한테는 말하면 안 돼. 교황 예하께서 결혼식을 거행하신다 해서 굉장히 행복해하니까. 그 행복에 찬물 끼얹지 말라고."

"그러시겠죠. 에리 님께선 시실리 님과 드레스를 골랐을 때 무척이나 즐거워하셨으니 말입니다."

"그렇지? 그러니까 괜한 소리 하면 안 돼.

"전하. 정말 그래도 괜찮으시겠습니까?"

"뭐가?"

아우구스트는 엘리자베트에게 이르려 했던 토르를 견제했지만, 그 토르에게서 의외의 반격을 받았다.

"에리 님은 정말로 행복해 보이십니다. 그에 반해 신랑이신 전하께서는……."

"에리 님이 기대하는 결혼식을 정치 도구로 삼으시려고 합니다."

"……."

"안타깝습니다. 에리 님 혼자만 기대하고 상대는 그렇지 않다니. 이래선 에리 님도…… 전하도 불쌍합니다."

"나도?"

"그렇습니다. 전하는…… 입장도 있으시겠지만 자신을 소중히 여기지 않으십니다. 자신을 더욱 신경 써 주십시오."

"보고 있으면 괴로워질 때가 있습니다."

토르와 율리우스의 말을 들은 아우구스트는 말문이 막혔다.

최근 이 두 사람은 신의 영향 탓에 아우구스트에게 거리낌이 없어졌는지 이런 식으로 의견을 말하게 됐다.

그것도 그저 쓴소리인 것만이 아니다.

자신을 걱정해서 해주는 말이다.

'변하는 법이네…….'

어렸을 때부터 줄곧 함께였다.

항상 함께 행동했지만 입장 탓에 대등하게 이야기한 적이 없었다.

그런데 고등 마법 학원에서 신과 만난 뒤로 이렇게나 변했다.

자신을 걱정해 의견을 내게 됐다.

그 사실이 기뻐 그만 웃음이 흘러나왔다.

"그렇군. 너희 말은 알겠다."

"그럼."

"그래. 우리의 결혼식에 그런 의미가 포함된 것은 바꿀 수 없지만, 결혼식 자체는 나도 즐겁게 기다려보지."

아우구스트는 그렇게 말하며 자상한 미소를 떠올렸다.

그것을 본 토르와 율리우스는 안심한 표정이었다.

그러나 이어지는 아우구스트의 말로 표정이 굳어버렸다.

"좋아. 그럼 너희 결혼식도 성대하게 열어볼까."

""네?""

"나만 즐기면 미안하잖아. 맞다. 식이 끝난 뒤에 왕도를 퍼레이드로 돌아다니는 건 어때?"

"저, 전하! 그것만큼은 자비를!"

"부끄러워 죽을 겁니다!"

"하하하. 사양하지 마라. 그래, 지붕이 없는 마차를 타고…… 전단도 뿌려서 길가에 사람을 모아볼까."

""요, 용서를!""

자신의 부족한 부분을 지적받은 멋쩍음을 감추기 위해서인지 진심인지 알 수 없었다.

그러나 아우구스트라면 그대로 내버려 뒀다간 확실히 실행에 옮길 것이다.

악몽을 꿀 것만 같았던 토르와 율리우스는 필사적으로 아우구스트에게 용서를 빌었다.

"그렇지! 악단과 서커스도 불러 볼거리를 늘려볼까?"

""아, 안 됩니다!""

왕궁에서 일하는 사람들은 왕자와 측근의 대화를 훈훈한 시선으로 바라보았다.

◆

마물 헌터 협회.

원래는 토벌한 마물의 소재를 상인에게 헐값에 팔지 않기 위해 설립된 『소재 매각 센터』라는 상조회였다. 마물 소재를 적당한 가격으로 사들이고 그것을 마물 소재가 필요한 곳에 팔아 마진을 남기며 이익을 냈다.

마물 소재가 모인다는 말은 상당수의 마물을 토벌했다는 뜻이기도 하니, 기사단을 대신해 마물을 토벌하는 헌터들에게 나라에서 보조금도 나오게 됐다.

그러니 마물을 사냥할수록, 소재를 사들일수록 이익이 오르는 구조다.

말 그대로 마물 토벌을 생업으로 한 조직인 셈이다.

그 협회를 이용하기 위해서는 특별한 등록 등이 필요하지 않다.

시민증에 기록되는 마물 토벌 수를 신청하면 되고 헌터 랭크도 존재하지 않는다.

소형, 중형, 대형, 재해급, 토벌한 마물의 랭크에 따라 보상금의 차이는 있지만, 어느 마물을 토벌할지는 전부 헌터의 자기 판단에 달렸다.

그래서 의뢰 같은 것도 존재하지 않지만 헌터들은 마물 사냥에 나서기 전에 헌터 협회에 들른다.

그 이유는 마물 소재의 재고 상황을 확인하기 위해서였다.

재고가 적어진 소재는 가격이 오르고 반대로 재고가 많은 소재는 가격이 내린다.

그 재고 상황을 보고 무엇을 사냥할지 판단하기 위해 헌터들은 협회에 모인다.

어느 날 오늘의 가격을 확인하기 위해 두 소녀가 헌터 협회를 찾았다.

“오늘은 어떤 소재가 비쌀까?”

“마리아…… 너 정말 귀족 딸 맞아?”

“시끄러워, 미란다!”

마리아와 미란다다.

고등 마법 학원과 기사 육성 사관 학원의 합동 훈련 이후, 이상하게 마음이 맞은 두 사람은 이렇게 자주 함께 마물 사냥에 나섰다.

미란다는 마물을 상대하는 실적을 쌓으며 단련하기 위해.

마리아는 울분을 풀기 위해, 그리고 용돈을 벌기 위해서였다.

“아, 주변에 리얼충이 많으면 진짜 피곤하다니까. 용돈이라도 벌지 않으면 못 견딘다고.”

“그렇구나, 마리아 주변에는 약혼자가 있거나 커플만 있으니까.”

“그런 애들 사이에 나만 솔로야. 이걸 어떻게 견디라고!”

"후…… 마리아는 차라리 나은 편이지. 나는 주변 남자들이 여자로 보지 않는데다가, 너무 바보들뿐이라 지긋지긋하다니까……."

리얼충뿐이라 힘들다고 말한 마리아에게 미란다가 자신은 그보다 더하다고 말했다.

미란다가 있는 기사 육성 사관 학원은 남녀 성비가 9대1인 학원이다.

다시 말해 남자밭이다.

여자가 몇 명밖에 없기도 하지만, 애초에 기사 학원의 여학생은 남학생들로부터 여자 대우를 받지도 않는다.

그 결과 기사 학원에 있는 남자는 이성의 시선을 신경 쓰지 않게 된다.

그리고 사춘기 남자는 모이면…… 기본적으로 바보가 된다.

"입만 열면 여자 얘기. 그런데 우리처럼 근육질은 여자로 보지 않는다니까. 애들 같은 장난으로 떠들기나 하고…… 진짜 월포드 군을 본받았으면 좋겠다니까."

"어? 뭐야? 너, 신한테 반했어?"

미란다로서는 또래 남자는 어린애처럼 보일 것이다.

바보처럼 떠드는 동급생에게 신을 본받았으면 한다는 미란다의 말에 마리아가 민감하게 물고 늘어졌다.

그러나 미란다는 마리아의 그 야유에 냉정하게 답했다.

"그렇게나 당당하게 여자 친구하고 뜨거운 사람한테 반할 정도로 지조가 없지는 않아. 그냥 순수하게 그렇게 생각했을 뿐이야."

시실리에게 라이벌 등장? 하고 약간 두근거렸던 마리아는 미란다의 그 답변에 재미없다는 듯이 입술을 삐죽 내밀었다.

"뭐야, 재미없게."

그런 마리아의 모습에 미란다는 황당해했다.

"시실리는 네 어릴 적부터 친구잖아. 뭘 아쉬워해?"

"하지만 연애 소설을 보면 라이벌이 나타나거나 바람피우는 게 아닌가 싶어 질투하기도 하잖아. 그런데 그 두 사람한테는 아무것도 없다니까?"

"없으니까 좋은 거지."

"게다가 그 두 사람은 드디어……."

"응?"

저번 생일 파티 다음 날 아침을 떠올린 마리아가 자신도 모르게 속삭였다.

얼굴이 새빨개진 마리아에게 미란다는 의아한 표정을 보냈지만, 마리아는 다급히 다른 화제로 넘어갔다.

"그, 그것보다! 신을 본받는 건 그만두는 게 좋을 거야."

"무슨 뜻이야?"

미란다가 본 신은 동급생 남자에 비해 어른스럽고 여성에게 신사적이라서 꼭 본받았으면 하는 대상이지만 마리아에게는 그렇지도 않은 듯했다.

"신은 말이지…… 자신이 할 수 있는 최선의 일을 하려고 열심히 노력하지만, 유감스럽게도 정도를 모른다고나 할까 상식이 너무 없다니까."

"그, 그래?"

"호랑이 마물에게 무릎 차기를 날리는 사람 봤어?"

그 말을 들은 미란다는 합동 훈련 때 신이 한 행동을 떠올리며 식은땀을 흘렸다.

"……그러게."

"미란다는 일부분만 봤다니까. 진짜 말도 안 되는 행동만 해."

"그, 그게 일부분이라면…… 아니, 됐어. 듣기가 무섭다."

"그러는 편이 좋아. 정신 위생상."

몇 번이고 마리아와 함께 마물 토벌을 했다. 그녀의 힘이 말도 안 되는 수준이란 것을 알고 있다.

그런 마리아가 그렇게까지 말하는 것을 본 미란다는 등줄기가 서늘해지는 것만 같았다.

전율에 떠는 미란다의 옆에서 마리아는 저번 이후로 신경 쓰였던 점을 물었다.

"그러고 보니 검성님께 훈련을 받게 됐었지? 어때?"

그러자 잘 물어봤다는 듯이 미란다는 눈을 반짝이며 마리아에게 이야기하기 시작했다.

"진짜 최고야! 지금까지 배웠던 게 뭐였을까 싶을 정도로 최고야!"

"그, 그랬구나……."

마리아는 갑자기 눈을 반짝이기 시작한 미란다에게 약간 당황하며 응대했다.

"아아! 매일 곤죽이 될 때까지 맞아. 매일 말이야! 아아, 멋져!"

그렇게 기뻐하는 미란다를 본 마리아는.

'미란다는 어마어마한 마조히스트였구나…….'

그렇게 생각하며 복잡한 표정을 했다.

대체 이 세상 어디에 매일 곤죽이 될 때까지 훈련받으며 행복해하는 여자가 있을까.

내심 무척 질렸지만 모처럼 생긴 죽이 맞는 친구다.

마리아는 괜한 불화가 생기기 전에 빨리 토벌에 가기로 했다.

"자, 미란다. 검성님의 훈련이 대단한 건 알겠으니까 빨리 가격 확인하고 토벌하러 가자."

"그래! 지금까지 받은 훈련의 성과가 어느 정도인지 빨리 시험해보고 싶어!"

미란다는 그렇게 말하며 힘차게 발을 내디뎠다.

검성 미셸의 훈련은 도장에서 대련하는 것만이 아니었다.

실전의 검은 실전에서만 단련할 수밖에 없다고 여겨 도장에서 한동안 대련한 뒤에는 마물 토벌에 나가도록 하는 식으로 지도했다.

오늘은 미란다가 미셸의 훈련을 받고서 처음으로 마물 토벌에 나서는 날이다.

학원 남자들에 관해 이야기할 때는 마음이 무거웠지만 지금은 무척이나 즐거워 보였다.

알기 쉬운 미란다에게 쓴웃음을 지으며 오늘의 소재 매입 가격을 확인하려 했다.

바로 그때.

"뭐야? 왕도 협회는 이런 꼬맹이들까지 헌터라는 거야?"

"캬하하! 진짜 수준 낮긴!"

헌터들 사이에서 그런 목소리가 날아들었다.

마리아와 미란다 외의 헌터는 다들 성인이었다.

어린아이라고 할만한 나이의 헌터는 마리아와 미란다뿐.

그러니 저 말은 자신들에게 한 소리라는 것을 깨달은 두 사람은 목소리가 들린 쪽을 보았다.

그곳엔 히죽히죽 천박한 미소를 떠올리며 자신들을 훑어보는 삼인조 남자가 있었다.

그다지 관리하지 않는지 갑옷 등이 너저분했다.

그 삼인조는 마리아 일행이 자신들의 목소리에 반응한 것을 보고서 말을 이어나갔다.

"오, 아가씨. 헌터 흉내는 관두고 우리랑 놀자."

"그래, 그래! 너희에게 아무도 손대지 않는 얼간이들만 모인 왕도 헌터들보다 우리가 더 강하다고."

"거시기도 말이야!"

캬하하! 하고 웃음소리까지 천박했다.

그 말에 가장 먼저 반응한 것은 마리아와 미란다가 아닌 주변 헌터들이었다.

그 말로 볼 때 이 남자들은 최근에 왕도에 왔을 것이다.

그런 신참들이 왕도 헌터를 깔보는 것도 참을 수 없었기도 하고 무엇보다 이 남자들이 천박한 시선과 말을 보낸 것이 마리아와 미란다였다.

주제를 모르는 남자들에게 왕도 헌터들의 분노가 폭발하려던 그 순간.

"우와, 지금까지 중에 제일 천박한 헌팅이었어."

"굉장하네. 저런 말투를 쓰는 사람은 소설 속에서나 있을 줄 알았어. 정말로 있었구나."

"살짝 웃겼어."

분노 게이지가 오르는 주위와는 대조적으로 천박한 소리를 들은 본인들은 전혀 신경 쓰지 않는 것 같았다.

오히려 소설에서나 나올 법한 대사가 재밌었는지 하하하 소리 높여 웃기까지 했다.

시원하게 웃은 뒤 두 사람은 흥미가 사라졌는지 소재 가격이 적힌 게시판으로 의식을 돌렸다.

두 사람에게 이 이야기는 이제 끝난 것이다.

그러나 웃음을 산 남자들은 끝낼 수 없었다.

"이, 이 년들이! 뭘 웃고 자빠졌어!"
"콱 죽여줄까?!"
"얕보는 거냐?! 이게!"
마리아와 미란다의 태도에 격앙하는 남자들.
그들은 지방에서 나와 왕도에서 한탕 크게 벌려던 참이었다.
얕보여선 안 된다는 마음으로 왕도 헌터 협회에 들어와 보니 성인도 안 된 여자가 태연히 행동하는 것이 눈에 들어왔다.
그것을 보고서 왕도의 헌터 협회는 수준이 그다지 높지 않을 것이라 판단했다.
그렇게 생각해 그렇게 말을 걸었던 것인데, 정작 그 소리를 들은 여자들은 자신들을 보고 웃었다.
남자들의 자존심에 상처가 난 셈이다.
거친 목소리로 마리아와 미란다에게 다가가려는 남자들.
그러나.
"잠깐. 냄새나니까 그 이상 가까이 오지 말아줄래?"
"""으헉!"""
세 남자는 마리아가 사용한 마력 장벽에 부딪혀 꼴사나운 소리를 냈다.
남자들은 무슨 일이 일어났는지 알 수 없었지만 마력 장벽을 인식하고서는 다시 날뛰기 시작했다.
"뭐, 뭐야, 이 장벽은!"

"앞으로 갈 수 없잖아!"

"제, 젠장!"

마리아가 펼친 장벽에 완벽하게 막혔지만 억지로 장벽을 돌파하려는 남자들.

그러나 그런 그들에게 누군가가 말을 걸었다.

"좀 지나치게 시끄럽다고요."

""""뭐?!""""

방금까지 자신의 눈앞에 있던 여자, 미란다가 어느새 뒤에 서 있었다.

제트 부츠를 사용해 고속으로 이동했는데, 그 움직임이 전혀 보이지 않았던 남자들은 다들 경악했다.

그리고 저항할 사이도 없이 칼집에서 뽑지 않은 칼로 급소를 맞아 그 자리에 쓰러졌다.

그것을 본 헌터들이 소동을 일으킨 남자들을 붙잡았다.

이렇게 아침부터 협회에서 소동이 일어났지만 당사자인 마리아와 미란다는.

"나중에 다른 애들한테 알려줘야겠네."

"그래. 협회에서 처음 헌팅 당했으니까."

"아, 맞다, 미란다. 신한테서 맡은 물건이 있어."

"어? 아! 설마?!"

"맞아. 자, 이거."

마리아는 그렇게 말하며 이공간 수납에서 자루가 달리지

않은 검을 꺼냈다.

"오, 오오…… 이게……."

"그래. 바이브레이션 소드. 자루는 똑같으니까 날 부분만 이지만."

"응! 고마워!"

그리고 소재 가격을 확인한 두 사람은 잡담을 나누며 협회에서 나와 사냥에 나섰다.

남겨진 자들은 즐겁게 협회를 나가는 두 사람을 황당한 표정으로 지켜보았다.

"정말이지 저 아가씨들은 거물이라니까."

"실제로 거물이지. 경험의 수와 질이 우리와는 다르다고."

"그렇게 생각하면 이 녀석들은 용감했다고 할 수 있겠네."

저마다 그렇게 말하는 왕도의 헌터들.

반면 지방에서 온 삼인조는 영문을 알 수 없어 했다.

"뭐야?! 그 녀석들 대체 뭐야?!"

붙잡힌 채 바닥에 엎드린 남자 한 명이 소리쳤다.

"너희 왕도에 온 지 얼마 안 됐지?"

"어제 막 도착했다고!"

엎드린 남자의 말을 들은 왕도 헌터는 알겠다는 표정을 했다.

"그럼 모를 만하네."

"그러니까 뭐가?!"

짜증내기 시작한 남자에게 왕도의 헌터가 물었다.

"저번 마인령 공략 작전에서 크게 활약한 기사 학원의 여학생이 있다는 말 들은 적 없어?"

"이, 있어. 재해급의 숨통을 끊었다는…… 설마?!"

"너희를 쓰러뜨린 아이라고."

남자들은 소문으로만 들었던 존재를 만날 줄은 꿈에도 몰랐을 것이다.

"젠장! 운도 없네! 저런 괴물을 만날 줄이야."

그래서 그렇게 투덜거렸다.

그러자 주변 헌터들이 웃음을 터뜨렸다.

"뭐, 뭐야?! 왜 웃는 거냐고?!"

"미란다가 괴물이라니. 그럼 마리아는 뭐라는 거야?"

"글쎄다? 뭐라고 해야 하지?"

"야, 그런 소리 그 애 앞에선 하지 마라. 화낼 테니까."

"그건 그래!"

그렇게 말하며 다시 웃는다.

"적당히 해! 영문을 모르겠다고!"

세 사람은 모르는 일로 즐거워하는 왕도의 헌터들이 마치 자신들을 비웃는 것만 같았던 남자 한 명이 소리쳤다.

그러자 왕도의 헌터 한 명이 세 사람에게 설명해주었다.

"마력 장벽을 펼친 아이가 있었지? 그 아이에 비하면 미란다는 평범한 편이라고."

눈에 보이지도 않는 속도로 자신들의 뒤를 잡아 순식간에 쓰러뜨린 미란다가 평범한 편이라면 그 아이는 대체 뭘까?

자신도 모르게 숨을 죽인 남자들은 조심스럽게 물었다.

"뭐, 뭐 하는 애야, 그 여자는."

"너 얼티밋 매지션즈라고 알아?"

"뭐? 당연하지, 모르는 녀석이 있겠어?"

얼티밋 매지션즈.

그것은 『마왕』과 『신의 사자』 등의 별명을 지닌 신 월포드가 이끄는 사상 최강의 마법사 집단.

이제는 이곳 알스하이드만이 아니라 전 세계에 모르는 사람이 없을 정도의 존재.

갑자기 그런 이야기가 나오자 남자들은 당황했다.

그러나 그 후에 왕도의 헌터가 한 말을 듣고 놀랄 수밖에 없었다.

"얼티밋 매지션즈라고."

"어?"

"그러니까 그 장벽을 펼친 아이가 얼티밋 매지션즈의 제3석인 『전처녀』 마리아라고."

헌터의 입에서 나온 경악스러운 진실에 남자들의 뇌가 정지했다.

"얼티밋 매지션즈의 마리아에게 손을 대려고 하다 이 정도로 끝났잖아. 운이 좋은 걸까, 나쁜 걸까? 어떻게 생각해?"

그리고 잠시 시간이 흐른 뒤 뇌가 재가동하기 시작한 남자들은 방금과는 전혀 다른 말을 중얼거렸다.

"우리…… 운이 좋은 걸지도……."

"에취!"

"응? 감기?"

"아니, 괜찮아. 뭐지?"

"누가 뒤에서 네 이야기 하는 거 아니야?"

"미남! 미남으로 부탁드려요!"

하하하 웃으며 걷는 마리아와 미란다.

마리아는 자신의 바람이 허무하게도 이뤄지지 않았다는 것을 알 도리가 없었다.

◆

돌가마.

알스하이드 왕도에 있으며 고급 레스토랑은 아니지만 돌가마로 구워진 요리가 일품이라 단골이 많은 인기 가게다.

평소에도 예약을 잡기 어렵고 당일에 가게를 찾아도 한동안 기다리지 않으면 입점할 수 없지만, 지금은 그보다 더 많은 손님이 모였다.

가게 밖에 생긴 행렬은 예전의 배 이상은 됐다.

그 이유는…….

"올리비아! 주문 좀 받아줄래?"

"올리비아, 음식은 아직이야?"

"올리비아."

"네~! 잠시만 기다려주세요!"

올리비아를 보러 온 손님이 늘어난 탓이다.

지금 알스하이드에서 제일 뜨거운 화제, 얼티밋 매지션즈.

이미 몇 명의 마인을 토벌해 알스하이드만이 아니라 전 세계에서 찬사와 선망을 받는, 말 그대로 영웅 집단이다.

일반 시민은 그런 영웅 대우를 받는 사람들을 볼 수 있는 기회가 그리 많지 않다.

그러나 왕도 사람은 알고 있었다.

그 얼티밋 매지션즈 중 한 명이 알스하이드 왕도에서도 유명한 돌가마의 딸로 전에는 웨이트리스로 가게에 나왔었다는 사실을.

왕도 사람들은 혹시나 해서 돌가마를 찾았다.

그러자 거기에 전과 변함없이 웨이트리스로 일하는 올리비아의 모습이 있었다.

일반 시민과는 다른 세상에 사는 영웅들.

그런 영웅을 가까이에서 볼 수 있다.

『만날 수 있는 영웅』의 소문이 순식간에 온 왕도에 퍼져

올리비아를 한번 보려고 매일 수많은 사람이 밀려들었다.

올리비아의 부모는 딸이 구경거리가 된 기분이 들어 가게에 나오지 않아도 괜찮다고 말했지만, 매일같이 이렇게나 손님이 찾아오면 수입이 많아진다.

올리비아를 볼 수 없어 낙담한 채 돌아가면 단골은 몰라도 신규 고객은 다시 이 가게를 찾지 않을지도 모른다.

올리비아는 가업의 매상을 위해 다른 사람들에게 필요 이상으로 주목받는 창피를 견디며 계속해서 가게에 나왔다.

손님 대부분은 가게에서 일하는 올리비아의 모습을 보고 만족하지만 개중에는 곤란한 손님도 있었다.

혼잡한 가게는 올리비아 혼자서 감당하기 어렵다.

당연히 다른 웨이트리스와 웨이터가 있지만, 자신의 접객을 올리비아가 해주지 않는 것에 불만을 늘어놓는 손님도 있었다.

"어서 오세요. 주문하시겠어요?"

"이봐! 난 올리비아를 불렀다고! 왜 올리비아가 안 오는 거야?!"

올리비아 이외의 웨이트리스가 주문을 받으러 온 것이 마음에 들지 않았는지 그럭저럭 좋은 차림에 잔뜩 살이 찐 중년 남성이 웨이트리스에게 그렇게 말했다.

"올리비아는 다른 접객 중이라서요. 양해 부탁드립니다."

"어째서?! 저쪽 손님한테는 올리비아가 접객했잖아! 이 가게는 손님을 차별하는 거냐?!"

자신의 요구가 받아들여지지 않자 큰소리로 불만을 토하는 중년 남성.

주변 손님의 따가운 시선도 아랑곳하지 않는 모습이었다.

웨이트리스도 이 성가신 손님에게 어떻게 대응해야 좋을지 고민에 빠지고 말았다.

어쨌든 상대는 손님이다.

그런 상대에게 항의하면 가게의 악평이 생길지도 모른다.

"됐으니까 올리비아 불러와!"

웨이트리스가 올리비아를 부르라고 시끄러운 중년 남성을 어떻게 대응할지 어려워하고 있자니 한 여성이 다가왔다.

나이는 서른 후반 정도로 검은 생머리인 여성.

올리비아의 어머니이다.

"저희 직원이 무슨 실수라도 했나요?"

"아주 크게 했지! 왜 내 접객이 올리비아가 아니라 이 녀석인 거야?!"

중년 남성에게 『이 녀석』 소리를 들은 웨이트리스는 이마에 핏대가 섰지만 올리비아의 어머니는 곤란한 표정을 했다.

"이유를 물으셔도 그녀는 저희 가게의 웨이트리스입니다. 손님을 접객하는 게 당연한 일이지요."

"그러니까! 왜 내 접객이 올리비아가 아니냐고 묻는 거야!"

끝까지 포기하지 않는 중년 남성에게 올리비아의 어머니

는 곤란한 표정으로 말했다.
"아. 이상한 말씀을 하시네요."
"이, 이상한 말?!"
중년 남성의 얼굴이 분노로 새빨갛게 물들기 시작했다.
"네. 이곳은 음식점입니다. 웨이트리스를 지명하는 방침은 들어본 적이 없습니다만…… 혹시 손님께서 다른 가게와 착각하신 것 아닌가요?"
"뭐, 뭐, 뭐냐! 그 말투는! 난 관료다! 이 나라를 운영하는 엘리트라고! 그런 내게!"
아무래도 이 남자는 어느 관청에서 일하는 관료인 듯하다.
그리고 관료에게 있을 법한, 자신이 나랏일을 하는 훌륭한 사람이라는 사상에 빠진 모양이었다.
추하게 살찐 몸이 그것을 말해주고 있었다.
특권 계급의 권한을 이용해 여기저기서 단물을 빨아먹고 있을 것이다.
그러니 자신이 특별대우를 받는 것이 당연하다고 생각한다.
"알았으면 빨리 올리비아를 불러!"
그리고 그 말을 들은 모든 가게의 손님이 남자를 향해 분노를 태우고 있을 때.
"엄마, 그만 됐어."
"어머, 올리비아."
"이 사람은 손님이 아니야. 영업 방해로 내보내자."

"뭐, 뭐, 뭐."

어머니의 뒤에서 올리비아가 나타나 영업 방해이니 나가 주길 부탁한다고 말한 것이다.

그 말에 관료라는 중년 남성은 분노한 나머지 순간 말이 나오지 않았다.

간신히 말할 수 있게 되자 머리 꼭대기까지 화를 내며 큰 소리쳤다.

"이! 이 자식! 고작 웨이트리스 주제에 내게 그런 소리를 지껄이다니!"

아무래도 이 남자는 흥분한 나머지 올리비아가 어떤 인물인지, 이 가게가 어째서 이렇게나 혼잡한지를 완벽히 잊어버린 듯했다.

"내게 이런 창피를 주다니! 이런 가게는 내 권력으로 없애 줄 테다!"

드디어 그런 말을 토했다.

그 말을 듣고서 입을 다물어버린 돌가마의 종업원.

통했다고 생각한 중년 남성은 계속해서 말을 이어나가려 했지만…….

"……말단 공무원이 무슨 소리인가요?"

"뭐, 뭐? 말단? 내가 말단이라고?!"

올리비아의 어머니가 영업 미소를 유지한 채 폭탄 발언을 했다.

"어, 엄마?"

"아까부터 조용히 듣고 있자니 올리비아, 올리비아라니. 남의 집 귀한 딸 이름을 함부로 부르지 마세요."

"어? 뭐?"

영업 미소를 유지한 채 화를 내는 올리비아의 어머니에게 올리비아와 중년 남성이 당황했다.

"당신의 상식으로는 마음에 든 아이가 접객하는 게 당연한 모양이던데 그런 가게의 단골이신가요? 저희는 그런 가게가 아니거든요."

"뭐, 무."

중년 남성이 입을 뻐금거리며 반론하지 못하자 가게 안에서 웃음소리가 터졌다.

그리고 「시끄럽다고!」 라든가 「즐겁게 밥 먹고 있는데 불쾌하게 만들지 마!」 등등, 중년 남성을 비난하는 목소리가 여기저기서 터져 나왔다.

"게다가 이 가게를 없앤다고요?"

"어, 아, 아니……."

"혹시 잊으신 건 아닌가요? 저희 딸은 얼티밋 매지션즈입니다. 그 안에 어떤 인물이 있는지를."

그 말을 들은 중년 남성은 그제야 냉정해져서는 자신이 했던 말들을 떠올렸다.

지금 자신에게 항의하는 여성의 뒤에는 이 나라에서만이

아니라 세계 최강의 마법사 집단으로 불리는 팀에 소속된 마법사가 있다는 것을.

그리고 그런 그녀가 소속한 얼티밋 매지션즈에 누가 있는지를.

"아…… 어, 아니……."

"그런 사정이 있는 가게를 없앤다고요? 그런 소리를 쉽게도 하시네요?"

중년 남성은 관청의 관료로서는 높은 지위에 있을지도 모른다.

그러나 이 가게의 딸이 소속한 얼티밋 매지션즈에는 최상위 왕족이 있다. 희대의 영웅이 있다.

그런 가게를 권력으로 없애겠다고 말했다.

중년 남성의 얼굴이 점점 창백해졌다.

"이, 이 사실은 부디 비밀로……."

"어머나. 저희야 말하고 다니지 않죠. 하지만……."

올리비아의 어머니는 천천히 주변을 둘러보았다.

"이 많은 사람의 입단속을 시킬 수는 없는 노릇이니까요……."

영업 미소를 지우고 곤란한 표정을 한 올리비아의 어머니.

중년 남성은 가게를 둘러보고서는 자신에게 분노와 경멸을 담은 시선이 쏟아지고 있는 사실을 깨달았다.

왕족과 인연이 있는 가게를 없애겠다고 떵떵거렸다.

그런 자신의 얼굴이 이렇게나 많은 사람 앞에 드러나 있다.

이 손님 중에는 자신이 어디서 일하는 누구인지 아는 사람이 있을지도 모른다.

중년 남성은 하늘이 무너지는 것만 같았다.

"히, 히익!"

자신도 모르게 그렇게 소리친 중년 남성은 자신의 얼굴을 가리며 아무것도 주문하지 않고 가게를 뛰쳐나갔다.

"어머. 자리가 비었네. 올리비아, 손님을 안내해드리렴."

올리비아의 어머니는 중년 남성이 떠난 자리를 보고 아무 일도 없었던 듯이 그렇게 말했다.

"아, 응."

딱히 큰소리를 친 것도 아니고 영업 미소를 떠올린 채 담담하게 중년 남성을 내몰아 물러나게 한 뒤 빈자리에 손님을 안내해드리라고 말한 어머니에게 전율한 올리비아는 아무런 말없이 손님을 안내하러 갔다.

그러자 상황을 지켜보던 손님들로부터 박수가 쏟아졌다.

"어머, 시끄럽게 해서 죄송합니다."

올리비아의 어머니는 주변 손님에게 그렇게 말했지만 손님들은 전혀 신경 쓰지 않았다.

"다들 그 녀석 때문에 짜증나던 참이었다고! 딱 잘라 말해주니 속이 다 시원하네."

"그래, 맞아!"

다들 같은 마음이었는지 박수가 멈추지 않았다.

새롭게 가게에 들어온 손님은 「어? 뭐야?」 하고 당황한 기색이 역력했다.

가게 안에서 그런 소동이 일어나고 있을 무렵, 한 청년이 돌가마를 찾았다.

그 청년은 가게 앞에 생긴 긴 행렬을 보고서는 여전히 인기가 많구나 생각하며 가게 안으로 들어가려 했다.

그러나 그 행위는 행렬을 무시하고 가게 안으로 들어가려는 새치기 행위였다.

줄을 선 남자 손님이 수상하게 여기고 청년을 불렀다.

"야! 너!"

"네? 저 말임까?"

멈춰선 청년은 마크였다.

"너 말고 누가 있겠어! 여기 줄 선 거 안 보여?!"

그런 말을 들은 마크는 자신의 행동이 새치기로 보인 것을 깨닫고 오해를 풀기 위해 설명했다.

"어? 아. 괜찮습다. 저는 손님이 아니니까요."

"뭐?! 손님이 아니라고?"

"네……으앗!"

"히이익!"

마크와 남자 손님이 이야기하는 사이를 얼굴을 가린 중년 남성이 빠져나갔다.

두 사람은 갑작스러운 상황에 잠시 멍해졌지만 남자 손님이 먼저 정신을 차렸다.

"손님이 아니라는 게 무슨 뜻이야?"

"아, 그건……."

마크가 남자 손님의 질문에 답하려 했을 때 가게 안에서 올리비아가 나왔다.

"오래 기다리셨습니다. 손님 안으로 들어오세요."

"어? 아, 올리비아."

"네? 안으로…… 어라? 마크."

"응."

올리비아가 줄을 선 손님을 안으로 유도하려 할 때 마크를 보고서 말을 걸었다.

그 친근한 분위기와 마크라고 불린 청년의 태도.

그것을 깨달은 남자 손님들이 술렁였다.

"미안, 아직 안 끝났어. 방에서 기다려."

"그래, 알았어. 열심히 해."

"응!"

마크는 올리비아에게 말을 걸고서 가게 안쪽에 있는 관계자 외 출입 금지 구역으로 들어갔다.

그리고 남자 손님은 방금 들은 말에 경악했다.

『방에서 기다려.』

그 말은 다시 말해 저 마크라고 불린 남자는 올리비아와 상당히 친한 관계라고 추측할 수 있다.

자신들 서민의 아이돌이라 여겼던 올리비아에게 친근한 남자가 있다.

그 사실에 남자들은 넋이 나가버렸다.

그러나 여자 손님들은 올리비아와 방금 남자의 관계가 궁금해서 참을 수 없었다.

"저기, 올리비아. 방금 그 아이 누구야?"

"남자 친구? 남자 친구?"

"어? 네, 맞아요."

올리비아의 남자 친구 긍정 발언에 들뜬 여자 손님과 더욱 침울해진 남자 손님.

그런 남자 손님을 무시하고 여자 손님의 반응은 더욱 뜨거워졌다.

"저기! 어떤 사람? 언제부터 사귀었어?"

"그, 그래! 올리비아의 남자 친구로 어울리는지 우리 남자들이 직접 확인해주겠어!"

"뭐? 무슨 소리야?"

"시끄러워! 올리비아! 그 녀석 뭐 하는 녀석이야?!"

어째서인지 남자 손님들이 부활해 마크를 확인하겠다며 흥분했다.

여자 손님은 차가운 시선을 보냈고, 올리비아는 「어째서?」

하고 곤란해했다.

“올리비아!”

“네?! 저, 저기, 마크하고는 어릴 적 친구라…….”

어째서인지 필사적인 남자 손님들의 험악한 모습에 올리비아는 자신도 모르게 대답하고 말했다.

“큭! 어릴 적 친구라니…… 시작부터 버거운 카드를!”

“어릴 적 친구하고 사귄다고?! 멋져라!”

“그래서?!”

“네? 그래서? 저기, 마크는 빈 공방의 아들로…….”

『빈 공방?!』

그 말에 놀란 것은 남자 손님 속에 있던 마물 헌터들이었다.

마물 헌터들에게 빈 공방의 무기 방어구는 동경의 대상이었다.

그런 공방의 자제.

더는 트집을 잡을 수가 없었다.

남자 손님들은 그렇게 생각하며 더욱 절망했지만 여자 손님은 다른 것을 물었다.

“빈 공방의 아들이라면 아마 얼티밋 매지션즈 아니었나?”

“네. 맞아요.”

『게다가 얼티밋 매지션즈?!』

여자 손님은 더욱 뜨거워졌고 남자 손님은 결국 창백해졌다.

올리비아는 지금 상황에 당황하면서도 여자 손님들에게

말했다.
"저기, 슬슬 돌아가야 해서……."
"아, 미안. 일 열심히 해."
"네. 하지만 슬슬 끝날 거라서요."
"아. 남자 친구가 방에서 기다리고 있댔지."
"……네."
우물쭈물 대답하며 가게로 들어가는 올리비아를 여자 손님들이 따뜻한 시선으로 지켜보았다.
"엄마. 마크가 왔으니까 올라갈게."
"어머, 벌써 시간이 그렇게 됐니? 수고했어. 올라가도 돼."
"응."
그렇게 말하며 기쁜 표정을 하고서 가게 안쪽으로 들어가는 올리비아.
그 광경을 여자 손님들은 따뜻하게 지켜보았고, 남자 손님들은 마크를 질투했다.

◆

알스하이드 왕도에 있는 어떤 오픈 카페.
그곳에 데이트 중으로 보이는 남녀가 차를 마시고 있었다.
즐거워 보이는 남성에 비해 여성은 지친 표정이었다.
"하아……."

"왜 그래, 리리아. 그렇게 큰 한숨을 쉬고."

"왜 그러냐니…… 토니 군은 잘도 태연하게 있네?"

그들은 토니와 리리아 커플이었다.

"음, 내 주변에는 약혼한 사람들이 많으니까. 그게 평범하다고 생각하게 된 걸지도."

하하하 웃는 토니에 비해 리리아는 황당한 표정이었다.

"정말이지…… 어째서 다들 그렇게 결혼을 시키려고 하는 거지?"

"방금 아버님하고 어머님, 재밌었지?"

"어휴, 어제는 내가 남자 친구를 데려온다고 했더니 『허락 못 해!』 하고 말했으면서……."

"흠, 아까는 갑자기 『딸을 잘 부탁한다.』고 말씀하셨는데."

"그러니까! 토니 군이 얼티밋 매지션즈라는 걸 알게 되니 돌변해서는…… 게다가 토니 군의 수입을 들은 후의 엄마는 『리리아! 빨리 결혼해야지! 절대 놓치면 안 돼!』 하고 필사적이 돼서는…… 정말 부끄러워!"

사실 토니는 방금까지 리리아의 집에 인사하러 갔었다.

결혼과는 상관없이 남자 친구, 여자 친구를 부모에게 소개하는 일은 흔하지만, 아무래도 리리아의 부모는 딸이 토니와 결혼하기를 열망하는 모양이었다.

"애초에 아직 학생이잖아? 나도 토니 군도 학원이 있으니 결혼은 아직 일러."

"그러게. 나도 조금 더 독신으로 있고 싶으려나?"

결혼을 부추기는 주변 사람들에게 짜증이 난 듯한 리리아에게 동조하듯 토니가 그렇게 말했다.

그러자 그 말을 들은 리리아의 눈이 싸늘해졌다.

"흠…… 독신일 때 뭘 하려고?"

"자, 잠깐, 리리아?"

"흥! 토니 군은 인기가 많으니까. 또 이런저런 여자들 만날 생각 아니야?"

중등 학원 시절 복수의 여자와 사귀었던 것을 아는 리리아는 토니가 또 다른 여자를 만나지 않을까 의심의 눈초리를 보냈다.

그런 시선을 받은 토니는 다급히 변명했다.

"에이, 안 그래. 다른 지금은 친구들하고 노는 게 재밌으니까, 결혼하면 가볍게 놀 수 없게 될까 싶었을 뿐이라고."

"글쎄? 만약 바람피우면 이혼할 거야!"

변명하는 토니에게 날카로운 시선을 보낸 리리아는 자신도 모르게 그렇게 말했다.

"리리아…… 이혼이라니."

"앗?! 아, 아니야! 헤어질 거야. 그래! 헤어질 거라고!"

결혼에 관한 이야기를 했었기 때문일까.

리리아는 헤어진다고 말할 생각이었지만 이혼한다고 말하고 말았다.

이러면 마치 자신이 결혼하고 싶어 하는 것처럼 보일 거라고 생각하며 얼굴을 붉게 물들인 채 고개를 돌려버린 리리아.

그렇게 허둥대는 연인의 모습을 토니가 즐거운 듯이 바라보았다.

"여! 리리아, 안녕!"

"어, 안녕."

토니를 집으로 초대한 뒤 카페에서 데이트한 다음 날, 리리아는 다니던 고등 경법 학원에서 친구에게 인사를 했다.

마인령 공략 작전에 종군한 마법 학원, 기사 학원과는 다르게 경법 학원은 평소처럼 수업이 있었다.

"리~리~아~. 어제 봤다~."

리리아에게 말을 건 여학생은 히죽이며 그렇게 말했다.

"어제?"

"데이트했지?!"

『뭐?!』

경법 학원도 다른 학원과 마찬가지로 한 학년에 백 명이 있지만, 마법 학원과 기사 학원과는 다르게 S클래스가 없고 A에서 D의 네 반이 각각 25명으로 편성된다.

그중에 절반을 차지한 남학생들이 여학생의 입에서 나온 경악스러운 한 마디에 일제히 소리쳤다.

리리아는 올해 1학년 중에서 최고 수준의 미소녀였다.

남학생 중에는 리리아를 노리는 사람도 많았는데 설마 리리아에게 이미 남자 친구가 있을 줄은 꿈에도 몰랐다.

남학생들은 부디 착각이기를, 혹은 그저 친구 사이일 뿐이라고 말해주기를 간절히 염원했다.

그러나…….

"뭐야, 봤어? 그럼 말이라도 걸지."

"아니지. 남자 친구하고 사이좋게 팔짱 낀 사람한테 어떻게 말을 걸겠어?"

팔짱을 꼈다.

이 시점에서 남학생들의 마음이 무너졌지만 아직 착각일 가능성도 있다.

무너질 것 같은 마음을 다잡은 남학생들은 그녀들의 대화에 모든 신경을 집중했다.

마치 자신은 흥미가 없다는 태도를 하고서.

그러나 리리아와 이야기하는 여학생에겐 그런 남자들의 속마음이 훤히 보였기에 리리아에게서 더 확실한 정보를 끄집어내 남학생들을 골려주려 했다.

"그 후에도 카페에서 차를 마셨잖아. 진지한 얼굴로 무슨 얘기했어?"

"거기까지 따라왔었구나……."

여학생의 질문에 설마 카페까지 미행했을 줄은 몰랐던 리리아는 기가 막혔다.

그러나 리리아는 대답하지 않는 것도 미안한 것 같아 어제 카페에서 했던 대화를 떠올리며 이야기했다.

"어째서 부모들은 경제적으로 유복한 사람을 보면 바로 결혼시키려고 드는 걸까?"

『푸흡!』

그 리리아의 한 마디에 남학생들이 세차게 뿜었다.

사귀는 정도라면 몰라도 결혼이라니 무슨 망발인가.

이 절망적인 상황에 남학생들의 마음은 완전히 꺾여버렸다.

그 소리를 들은 여학생도 설마 이런 대답이 돌아올 줄은 몰랐기에 잠시 굳어버렸다.

퍼뜩 정신을 차린 여학생은 어째서 리리아가 그런 말을 했는지 확인하려 했다.

"자, 잠깐만! 갑자기 결혼이라니! 벌써 그렇게까지 진행됐어?!"

"응? 아니, 어제 부모에게 소개했더니 빨리 결혼하라는 말을 들었어."

그렇게 말하며 한숨을 쉬는 리리아.

"대체 남자 친구가 누구야? 보통은 아니겠네?"

"그러게, 보통은 아니지……."

그렇게 자신의 남자 친구이자 보통이 아닌 토니를 떠올린 리리아.

그런 남자 친구가 어떤 사람인지 궁금해서 참을 수 없게 된 여학생은 계속해서 리리아에게 물었다.

"남자 친구, 비슷한 나이로 보이던데? 뭐야? 귀족 도련님이야?"

"아니? 걔, 평민이야."

"점점 더 모르겠다고!"

귀족의 후계자가 아닌 평민이라는 리리아의 남자 친구.

그 사실이 여학생의 혼란에 박차를 가했다.

결혼 생활은 준비가 되어 있지 않으면 유지할 수 없다.

따라서 나름대로 수입이 있지 않으면 결혼한다는 이야기가 나오지 않을 것이다.

리리아는 여학생이 혼란스러워하는 이유를 깨닫고 토니의 수입에 관해 이야기했다.

"수입은…… 월포드 군하고 함께 개발한 무기가 군에 제식 장비로 채용돼서 매달 아이디어 요금으로 상당한 특허권이 들어온대."

"군의 제식 장비라니, 그것참……."

군대라는 거대 조직의 제식 장비에 채용됐다는 것이 얼마나 큰 이익을 낳을지는 경제를 배우는 학원의 학생이라면 모를 수가 없다.

게다가 여학생은 그것 이외에 리리아가 말도 안 되는 이름을 꺼낸 사실을 깨달았다.

"잠깐만. 월포드 군? 그거 혹시 그 월포드?"

“어느 월포드인지는 모르겠지만 지금 왕도에서 제일 유명한 월포드 말이야.”

그런 리리아의 말에 여학생은 경악했다.

“어, 어, 어째서?! 어째서 남자 친구가 월포드 님하고 아는 사이야?!”

월포드 님이라니…… 리리아는 내심 그렇게 생각했지만 입 밖으로 꺼내지는 않았다.

이 여학생의 반응은 또래 여자들에게는 평범한 반응이기 때문이다.

자신들과 비슷한 또래이면서도 이미 과거의 영웅들을 상회하는 활약을 보인 얼티밋 매지션즈.

신은 그 선두에 선 마왕, 신의 사도이다.

중등 학원과 고등 학원 여학생들이 동경을 품고 ‘님’을 붙여서 부르는 것도 이상한 일이 아니다.

이 여학생도 그중에 한 명이었다.

여학생은 어째서 리리아의 남자 친구가 신과 아는 사이인지 필사적으로 물었다.

“어떻게? 응? 어떻게?!”

“그렇게 물어봐도…….”

리리아는 여학생 얼굴을 보며 말했다.

“남자 친구가 얼티밋 매지션즈니까.”

『뭐?!』

이 리리아와 여학생의 대화는 이미 모든 반 아이들이 듣고 있었다.

그리고 리리아가 한 충격적인 발언에 모든 아이들이 깜짝 놀라고 말았다.

리리아의 고백을 들은 여학생은 질려버린 듯한 얼굴로 리리아에게 말했다.

"리리아."

"왜?"

"너 그냥 결혼해라."

"흐엥?"

설마 동급생까지 그런 말을 할 줄은 몰랐던 리리아는 자신도 모르게 얼빠진 목소리를 냈다.

그러나 여학생은 그런 리리아를 신경 쓰지 않고 흥분한 듯이 말을 이었다.

"그야 그렇잖아! 그런 어마어마한 우량주가 또 어디에 있겠어?!"

"아니, 저기…… 아무리 그래도 너무 이른 것 같아서…… 그렇잖아?"

"이르든 늦든 무슨 상관이야! 네가 결혼하지 않을 거면 나한테 넘겨!"

"왜 그렇게 되는 건데?!"

"그치만……."

그렇게 말한 여학생이 눈물을 흘리기 시작했다.

"잠깐만, 왜 우는 거야?!"

갑자기 여학생이 울기 시작하자 약간 당황한 리리아는 그녀를 달래려 했다.

그러자 여학생은 그 심정을 토로했다.

"그치만 부러운걸……."

부러움의 눈물이었다.

갑작스러운 상황에 당황했지만 어떻게든 달래려 한 리리아는 여학생에게 자신의 상황을 이야기했다.

"부럽다지만 그렇게 좋은 것도 아니야."

"무슨 배 터진 소리야?! 엄청난 유명인과 결혼할 수 있는 거잖아!"

이번에는 화를 낸다.

아무래도 너무나도 큰 충격에 정서가 불안정해진 듯하다.

그러나 리리아는 냉정하게 그 여학생에게 이야기했다.

"알겠어? 얼티밋 매지션즈는 인기 악단이 아니야. 전투 집단이지."

"아……."

왕도에서 제일, 아니 세계에서 제일 유명한 집단이기는 하다.

그러나 그 실태는 마법사 집단.

그 활동 영역은 당연히…….

"그 사람들이 활약하는 곳은 전장의 최전선이야."

"……."

"이번 작전도 임무는 『마물 토벌』이었다고 하잖아?"

"마인……."

그 말에 리리아의 동급생들은 떠올렸다.

과거 마인에게 전멸될 위기에 처했던 알스하이드 국민은 다른 나라 사람들보다 마인을 위협적으로 느낀다.

당연한 듯이 계속 이겼기에 잊고 있었지만 상대는 그런 마인이었다.

학생들은 그제야 그 사실을 떠올렸다.

"우리와 같은 나이인데 마인 토벌을 하고 있어. 나는 그가 돌아올 때까지 불안해서 참을 수 없었는걸……."

"리리아……."

마인을 토벌하기 위해 전장에 나선 연인을 믿고 기다릴 수밖에 없다.

그때를 떠올렸는지 리리아는 다소 가라앉은 목소리로 그렇게 고백했다.

"얼티밋 매지션즈 사람과 사귄다는 건 그런 뜻이야. 그런 기분을 느끼고 싶어?"

"아니……."

리리아의 말을 들은 여학생은 주저했다.

유명인 남자 친구는 갖고 싶다.

그러나 고작 열대여섯 나이에 그런 경험을 하고 싶지는 않았다.

그리고 지금만이 아니다.

앞으로도 계속 그런 기분을 맛봐야만 한다는 뜻이다.

그렇기에 여학생은 의문을 품었다.

"저기, 리리아. 그런 경험을 한다는 걸 알면서 왜 사귀는 거야?"

괴로워할 각오가 있는지 물은 리리아는 그런 느낌을 맛보면서도 얼티밋 매지션즈인 남자 친구와 사귀고 있다.

모순된 것처럼 느껴졌지만 리리아는 그 질문에 머뭇거리며 딱 잘라 말했다.

"왜냐하면…… 좋아하는걸……."

"우와……."

얼굴을 붉게 물들인 채 그렇게 말한 리리아을 본 여학생까지 붉어졌다.

그리고 리리아를 보는 여학생의 시선이 달라졌다.

아까까지는 자신과 같은 고등 학원의 1학년이라고 생각했다.

그러나 눈앞의 동급생은 자신이 아직 모르는 연애를 하며 자신이 아직 모르는 고뇌를 품고 있다.

여학생의 눈에는 갑자기 리리아가 어른으로 보였다.

그리고 반쯤 흥미로 남자 친구에 관해 물은 것이 조금 후회됐다.

그래서일까, 여학생은 리리아에게 말했다.

"그렇구나. 그럼 이번 일은 무사히 끝났으면 좋겠네."

"응. 이제 출진하지 않았으면 좋겠어."

"그러게. 또 불안해서 잠들 수 없을 것 아냐."

"응…… 앗! 아니, 그렇지 않아!"

방금은 잠들 수 없다고는 말하지 않았지만 여학생의 유도 질문에 넘어간 리리아는 다급히 부정했다.

그리고 그 모습이 여학생의 스위치를 켠 모양이었다.

"아~ 정말! 귀엽네! 우리 리리아!"

"앗! 잠깐, 껴안지 마!"

"뭐 어때~! 리리아, 귀여워!"

"어머! 잠깐! 이상한 데 만지지 마! 앙."

"흐헤헤. 뭐, 좋지 않은가."

다른 여학생들은 장난치기 시작한 두 사람을 따뜻한 시선으로 바라보았다.

남학생들은 질투와 열등감을 품은 채 그 광경을 바라보았다.

약간 앞으로 구부정한 자세로.

◆

"메이 공주님의 옷, 귀엽네요."

원래 신의 마법 훈련장이었지만 지금은 얼티밋 매지션즈의 공동 훈련장이 된 황야에서 앨리스가 메이에게 그렇게 말했다.

앨리스는 그렇다 치고 어째서 메이까지 이런 곳에 있는가 하면 메이의 마법 연습 때문이었다.

알스하이드라는 커다란 국가의 제1왕녀인 메이에게 마법사의 소질이 있다는 것을 알게 된데다가 열 살부터 이공간 수납까지 사용할 수 있다 보니 왕궁에서 일하는 사람은 메이를 천재라고 칭찬했다.

지금은 마법사단에서도 채용한 마력 제어 연습도 착실하고 꾸준히 계속해왔다. 제어할 수 있는 마력과 사용할 수 있는 마법도 나날이 늘어났다. 장래엔 얼티밋 매지션즈를 잇는 마법사가 될 것으로 기대받기도 했다.

그러나 그런 메이에게는 아직 배움을 받지 못한 마법이 있었다.

바로 공격 마법이다.

왕궁 사람들은 메이가 신의 부유 마법으로 몸을 띄우고 자신의 바람 마법으로 하늘을 자유롭게 날아다니는 것은 허락해도 공격 마법을 배우는 것에는 난색을 보였다.

그 이유는 단 하나, 너무 어리기 때문이다.

얼티밋 매지션즈의 차석인 아우구스트나 고등 마법 학원생 시절에 마인 토벌에 참여한 현 국왕 디세움을 보면 알 수 있듯이 왕족이 공격 마법을 배워선 안 된다는 규칙은 없다.

다만 열 살부터 공격 마법을 배우는 것이 이례적이기 때문에 왕궁 사람들은 어떻게 해야 좋을지 알 수 없는 것이다.

그래서 왕궁에서는 세간의 일반적인 통례를 따라 중등 학원에 들어갈 때까지는 공격 마법을 가르치지 않기로 했다.

그런데 평소부터 신과 함께 행동하는 일이 많은 메이는 그것이 불만이었다.

신은 자신보다 어렸을 때부터 공격 마법을 익혀 사냥했고, 같은 나이였을 때는 마물까지 토벌했다고 들었다.

그런데 어째서 자신에겐 허락되지 않는 걸까.

함께 있는 신이나 오빠인 아우구스트의 활약을 들을 때마다 자신도 그들에게 가까워지고 싶었던 메이는, 어쩌다 놀러 온 앨리스와 린에게 공격 마법을 알려달라고 부탁했다.

열 살 초등 학원생에게 열여섯 살 고등 학원생은 상당한 어른으로 보이기 마련이지만, 앨리스와 린은 그 용모와 성격 탓에 메이가 무척이나 편하게 어울릴 수 있는 상대였다.

현재는 마인령 공략 작전도 일단락되어 정세가 진정됐다.

그 결과 앨리스와 린도 한가해져서 메이의 부탁을 흔쾌히 받아들였다.

그러나 메이는 공격 마법을 배울 것을 허락받지 못한 상태라 놀이에 데려간다는 명목으로 살짝 황야로 데려온 것이다.

그리고 마법 훈련이니 메이는 신이 만들어준 마법이 부여된 마법복을 입었다.

"확실히 우리 전투복보다 귀여워. 그건 실전 중시니까."

린도 메이의 마법복을 귀엽다고 생각한 듯했다.

"맞아요! 귀여운 게 좋다고 하니 신 오빠가 만들어줬어요!"

메이는 기쁜 듯이 마법복을 두 사람에게 보여주었다.

그 마법복은 머리색에 맞춘 듯 선명한 노란색이었고 하늘하늘하게 상당히 귀여운 디자인이었다.

전장에서는 무척이나 눈에 띌 테지만, 메이가 전장에 나설 일은 없으니 신은 귀여움을 중시해 디자인했다.

메이는 정말 좋아하는 신이 만들어준 이 마법복이 너무나도 마음에 들었다.

그렇다고 메이가 신에게 연애 감정을 품은 것이 아니다.

신은 어디까지나 짓궂게 굴지 않는 자상한 오빠다.

기분 좋은 듯이 마법복을 보여주는 메이를 바라본 앨리스와 린은 조금 신기하게 생각했다.

"신 군은 신기하다니까. 일반적인 상식은 모르는가 하면 메이 공주님의 마법복처럼 귀여운 옷이라든가 우리의 전투복처럼 멋진 옷까지 만들잖아."

"아~ 그건 그래."

그런 이야기를 나눈 뒤 마법 연습을 시작한 세 사람.

앨리스와 린은 신에게 배운 『과정』을 떠올리며 마법을 사용했고, 아우구스트의 엄명으로 그것을 배우지 못하는 메이는 두 사람의 마법을 보고서 『결과』를 떠올리며 마법을 사용했다.

"음…… 이렇게요?"

앨리스와 린이 사용한 불마법을 보고서 흉내를 내어 마법을 사용한 메이.

그러자 메이의 눈앞에 커다란 불길이 일었다.

"흐앗?!"

"메이 공주님! 더 멀리 쏴야 해요!"

"이렇게."

갑자기 눈앞에 커다란 불길이 일어 깜짝 놀란 메이와 주의를 주는 앨리스.

그리고 린은 메이에게 시범을 보이기 위해 화염 방사와 같은 마법을 사용했다.

"흐아아! 린 언니, 굉장해요!"

"우훗."

메이에게 칭찬받아 자신도 모르게 우쭐해진 린.

"그거예요, 그거! 이렇게, 확 하고!"

"흐에?!"

시범을 보인 린에게 질 수 없다는 듯이 앨리스도 말로 설명했지만 여전히 추상적인 표현이라 메이는 무슨 말인지 알아들을 수 없었다.

"에, 에잇!"

그러나 린의 마법을 떠올리며 불을 멀리 던지는 상상으로 마법을 사용하자 이번엔 멀리 불이 날아갔다.

NOVEL

현자의 손자 9권
©Tsuyoshi Yoshioka 2018
Illustration : Seiji Kikuchi
KADOKAWA CORPORATION
[NOT FOR SALE]

"와! 해냈어요!"

"오, 해냈네, 메이 공주님!"

"헤헤!"

메이가 처음으로 공격 마법에 성공했지만, 본인을 포함한 주변 사람들도 반응이 약했다.

원래 열 살 초등 학원생이 공격 마법을 사용하는 것은 이례 중의 이례라, 자화자찬하거나 주변에서 크게 칭찬해도 이상한 일이 아니다.

그러나 메이와 앨리스, 린은 평소 신과 접하며 감각이 일반적이지 않게 됐다.

마법을 사용하기 시작한 것이 세 살이라든가, 다섯 살 때는 이공간 수납 마법을 쓸 수 있었다든가, 메이와 같은 나이인 열 살 때는 마물을 사냥했다는 이야기를 들었으니 메이가 마법을 사용해도 특별하다고 느끼지 못한 탓이다.

비교할 대상이 다르긴 하지만 그 덕분인지 메이는 자신의 마법 재능에 자만하지 않았다.

"앨리스 언니, 린 언니! 마법을 더 알려주세요!"

"그래요!"

"엄격하게 할게."

메이의 부탁에 앨리스와 린은 즐거워하며 계속해서 마법을 알려주었다.

그리고 얼마 지났을 무렵에는 위력은 앨리스와 린보다는

부족하지만 상당한 수의 공격 마법을 쓸 수 있게 됐다.

"와, 굉장하네요, 메이 공주님."

"응. 굉장해. 메이 공주님은 천재일지도 몰라."

"어? 헤헤, 그런가요?"

계속해서 마법을 다룰 수 있게 된 메이를 보고서 알려주던 앨리스가 감탄했다.

옆에 있던 린도 메이의 모습을 보고서 솔직한 의견을 말했다.

그런 말을 들은 메이는 부끄러우면서도 진심으로 기뻐했다.

메이는 왕족이기에 주변 사람들로부터 칭찬을 받는 일이 많았지만 그 대부분이 아첨이었다.

그러나 지금 이곳에 있는 앨리스와 린은 왕태자인 아우구스트에게도 주저하지 않는 사람들이다.

그런 두 사람이 아첨을 할 리가 없다.

그렇다면 진심으로 그렇게 말해준 것이라 여긴 메이는 기뻤다.

칭찬을 받아 기뻐하는 메이를 보며 앨리스가 생각에 잠겼다.

"음. 사실 조금 더 연습하면 실전도 해보고 싶은데."

"아무리 그래도 왕족을 마물이 있는 곳으로 데려갈 수는 없어. 그랬다간 벌 받을지도."

"흐아아, 그럼 안 돼요!"

솔직히 말해 말없이 왕족을 이런 곳으로 데려온 것도 문제이지만 아우구스트의 자유로움을 본 두 사람은 위험하지 않은 곳으로 메이를 데려온 것이 문제가 된다는 생각은 꿈에도 못했다.

그러나 마물 토벌에 데려가는 일은 곤란하다는 것 정도는 안다.

무사히 돌아온다 해도 조금이라도 생명의 위험이 도사린 곳에 데려간다면 처벌을 받을 가능성이 있다.

그러나 실전이 사람을 빠르게 성장시킨다는 것은 경험을 통해 잘 알고 있다.

앨리스는 계속해서 마법 연습을 하면서도 어떻게 할지 고민했다.

◆

"그럼 메이 공주님. 또 시간이 생기면 놀러 올게요."

"수고했음."

"네! 다음에 또 봬요!"

마법 연습이 끝나고 메이를 왕성으로 데려다준 앨리스와 린은 다시 게이트를 열어 메이의 방에서 린의 집으로 이동했다.

"실전 말인데, 어떻게 할까?"

"모처럼 그렇게 마법을 다룰 수 있게 됐는데 아까워."

"그렇다니까."

린의 어머니께서 주신 주스를 마시며 메이의 교육에 대해 고민하는 앨리스. 어째서 이 두 사람이 린의 집에 있는가 하면, 이곳에는 마법 훈련장이 있기 때문이다. 어쩌다 마법 연습을 하고 싶어질 때 최적의 장소였다.

그리고 최근 앨리스는 린의 집에 신세를 지는 경우가 많았다.

"뭐랄까 위험하지 않으면서도 실전을 경험할 수는 없을까?"

"그런 방법은 없어."

"그건 알겠는데……."

원래라면 앨리스가 메이의 교육을 고민할 필요는 없다.

그러나 앨리스는 자신들을 잘 따르는 여동생과 같은 메이의 성장에 도움을 주고 싶다고 항상 생각해왔다.

얼티밋 매지션즈 중에서 앨리스는 어린애 같은 대우를 받는 일이 많지만 메이에게만큼은 듬직한 언니이고 싶었다.

겉보기로는 메이와 크게 다르지 않지만.

그렇게 앨리스가 머리를 싸매고 있으니 린의 아버지인 벤 휴즈가 일을 마치고 돌아왔다.

"아, 앨리스, 잘 놀다 가렴."

"아, 안녕하세요~."

최근 집으로 돌아오면 대부분 앨리스가 있었기에 벤도 가볍게 말을 걸었고 앨리스도 익숙한 듯이 답했다.

딸과 친하게 지내는 친구를 훈훈하게 바라보던 벤은 문뜩 무언가 떠올라 앨리스에게 말을 걸었다.

"너무 어두워지기 전에…… 하긴 앨리스라면 괜찮겠지."

"게이트로 돌아갈 수 있으니까요."

"하하, 그랬지."

친구가 집에 놀러왔을 때의 일반적인 반응.

위험하니 너무 늦기 전에 집으로 돌아가라는 말.

그러나 앨리스에게는 바깥으로는 전혀 나가지 않고 순식간에 집으로 돌아갈 수 있는 게이트 마법이 있다.

말하던 도중에 그 사실을 떠올린 벤이 자신도 모르게 쓴웃음 지었다.

"그래, 린이나 앨리스는 게이트가 있으니 괜찮겠지."

벤은 두 사람을 보며 그렇게 말했다.

그 말에 딸인 린이 반응했다.

"아빠, 무슨 일 있었어?"

"응? 아, 왕도에 공지해야 할 일이 있는데 너희라면 걱정할 필요가 없었지."

"왕도에 공지?"

"그게 뭔가요?"

벤은 마법사단 중에서도 왕성과 왕도를 수호하는 것이 주요 임무인 궁정 마법사이다.

국내의 치안을 마법으로 수호하는 것이 임무인 아버지가

왕도에 공지해야 할 일이 있다고 한다.

자신들과는 상관없다고 했지만 린과 앨리스는 궁금해져 벤에게 물었다.

벤은 어차피 조만간 공지해야 할 일이니 괜찮겠지 싶어 그 일을 이야기했다.

"사실 최근 왕도에서 상해와 폭행 사건이 많아졌거든."

"어? 그래요?"

"몰랐어."

최근 왕도의 치안이 나빠졌다는 말에 앨리스와 린은 깜짝 놀랐다.

사실 알스하이드 왕도는 경비대와 기사단, 마법사단이 우수한 덕에 범죄 억지력이 강해 전 세계적으로 봐도 범죄 발생률이 낮은 도시다.

앨리스와 린이 놀란 이유가 바로 그것이다.

그런 두 사람 앞에서 벤은 쓴웃음을 떠올렸다.

"하하. 최근엔 게이트로 이동하는 일이 많았을 테니 말이다. 편리해서 부럽지만 가끔은 밖을 걷는 것도…… 어이쿠, 이게 아니지. 그걸 조심하라고 공지할 예정이란다."

그 말에 앨리스는 이해했다.

"아, 그래서 늦기 전에 돌아가라고 하셨던 거네요?"

"그리고 치안이 나쁜 곳에는 가까이 가지 말아야지. 특히 젊은 여자아이는 주의하도록 경고할 예정이야."

"동네 질 나쁜 사람에게는 지지 않아."

린이 그렇게 말하자 벤이 타이르듯 말했다.

"너희는 그렇겠지. 게이트도 있고 마인을 쓰러뜨릴 수 있을 정도로 강하니까. 하지만 일반인은 그렇지 않잖아?"

"응."

"우리 마법사단과 기사단, 경비대도 최대한 경계할 테지만 아무래도 눈이 닿지 않는 곳이 있어. 그러니 자신을 보호하기 위해서라도 이런 경고는 필요하단다."

"알았어."

"하지만 갑자기 왜 그렇게 치안이 나빠졌나요?"

"음. 특별하게 치안이 나빠진 건 아니야. 범죄 발생 건수가 늘어나긴 했는데…… 이유는 모르겠구나."

벤의 말에 고개를 갸우뚱하고 생각에 잠겼던 앨리스는 문뜩 무언가를 깨닫고 자기 생각을 말했다.

"혹시! 어떤 거대한 범죄 조직이 왕도로 들어온 걸까요?!"

"그런 보고를 받은 적은 없어. 무엇보다 사건의 가해자는 그런 조직과는 인연이 없는 일반 시민이지."

"어? 평범한 사람이라고요?"

"그래. 그러니 너희도 조심하렴. 아무리 강해도 기습을 당할 수도 있으니까."

벤은 그렇게 말하며 떠났다.

남겨진 앨리스와 린은 벤에게서 들은 내용에 관해 이야기했다.

“일반 시민이 일반 시민에게 위해를 가한다니…… 무슨 일이 있는 걸까?”

“글쎄? 전하나 월포드 군이라면 알아낼지도 모르겠지만.”

“우리끼린 힘들겠네.”

진상을 밝히려 했지만 전혀 알 수 없었다.

린은 일찌감치 포기하고 어깨를 으쓱였고 앨리스도 머리 뒤로 깍지를 끼고 카펫 위로 벌러덩 누웠다.

“그런 일은 할 수 있는 사람에게 맡기면 돼.”

“그러게. 우리가 할 수 있는 일이라고는…… 아!”

앨리스는 무언가 떠오른 듯이 누웠던 자세에서 벌떡 일어났다.

“왜? 앨리스.”

“이거야!”

무언가 떠오른 앨리스를 본 린은 고개를 갸웃했다.

◆

“안녕~! 신 군!”

한 해가 가고 다시 시작된 마법 학원.

오랜만에 학원에 등교한 앨리스는 쉬는 동안 줄곧 생각해왔던 일을 실행에 옮기기 위해 먼저 등교한 신에게 말을 걸었다.

"오, 안녕, 앨리스. 오늘은 파자마가 아니구나."

"이제 그런 창피를 당하지 않을 거야! 그것보다 신 군한테 부탁이 있는데."

"뭐야, 새삼스럽게."

"메이 공주님에게 만들어준 마법복 말인데, 나하고 린 것도 만들어주면 안 돼?"

"상관없는데, 왜?"

앨리스의 부탁에 신은 고개를 갸웃했다.

메이에게 만들어준 마법복은 전투에 맞지 않게 하늘거리는 옷이기 때문이다.

신은 이제 와서 그런 걸 갖고 싶어 하는 앨리스에게 의문을 품었다.

"저기, 그게, 메, 메이 공주님의 마법복이 귀엽잖아! 우리도 갖고 싶어서."

앨리스는 이미 교실에 있는 아우구스트에게 잠시 시선을 돌린 뒤 적당한 이유를 말했다.

지금 앨리스가 생각하는 것은 아우구스트에게 비밀이다.

신은 조금 석연치 않았지만 자신이 만든 것을 칭찬해준 앨리스의 부탁을 들어주려 했다.

"뭐, 알았어. 디자인은 같은 거면 돼? 색은?"

"디자인은 같고 색만 바꿔줬으면 좋겠어."

"알았어. 그럼 메이가 노랑이었으니까…… 앨리스가 빨강에 린이 파랑이면 돼?"

"응! 그거면 돼! 고마워!"

앨리스가 부탁을 들어준 신에게 고맙다고 하자 린이 다가왔다.

"앨리스, 어제부터 왜 그래?"

린의 옷도 함께 만들어달라는 부탁이었는데 어째서인지 린도 마법복을 만드는 이유를 모르는 듯했다.

그것을 수상하게 여긴 신은 린에게 물었다.

"린은 앨리스한테 듣지 못했어?"

"아무것도."

"이히히, 나중에 이야기해줄게!"

어쩐지 즐거워하는 앨리스를 본 린과 신은 얼굴을 마주보며 의아해했다.

◆

그리고 교실 수업 중심인, 여전히 무슨 학원의 수업인지 알 수 없는 수업이 끝난 뒤 예전이라면 연구회 활동을 하던 방과 후가 됐다.

그러나 연구회 활동보다 얼티밋 매지션즈로서 실전을 많이 경험한 그들은 신에게서 새로운 마법을 배우는 것보다 익힌 마법의 정밀도를 높이는 것에 대부분의 시간을 보내게 됐다.

그렇게 된 것은 신이 사용하는 마법 중에 설명을 들어도 이해할 수 없는 마법이 늘어난 것이 주요 원인이었다.

부유 마법도 인력이라는 것을 이해할 수 없었고 광학 위장 또한 마찬가지였다.

어떻게든 이해하려고 노력했지만 이쪽 세계에서는 마법이 과학을 대신해 발달한 탓에 신의 설명을 이해할 수 없었다.

게이트는 이공간 수납을 사용할 수 있어 어떻게든 습득할 수 있었지만 그것 이외에는 무리였다.

그러니 불가능한 일에 시간을 들이는 것보다 가능한 일을 더 능숙하게 다루는 방침으로 바꾸었다.

그리고 신은 빈 공방에서 새로운 마도구를 개발.

시실리는 치료원에서 치료 일을 도와준 후 월포드 저택에서 신부 수업.

마리아는 미란다와 마물 사냥.

마크는 집안 공방에서 신이 하는 개발의 조수.

올리비아는 가게 일손 돕기.

유리는 마도구 제작 연습.

토니도 마물 사냥에 나가게 됐다.

그리고 아우구스트 일행은 왕성에서 정무에 힘썼다.

이처럼 각자가 개인으로 활동하는 동안 앨리스와 린은 왕성에 있는 메이의 방으로 연결되는 게이트를 열었다.

"아, 앨리스 언니, 린 언니!"

이미 초등 학원에서 돌아왔던 메이는 초등 학원의 교복을 갈아입는 도중에 게이트로 나타난 앨리스와 린을 환영했다.

거기엔 옷을 갈아입는 메이를 돕는 메이드 등이 있었지만 앨리스와 린이 게이트로 메이의 방을 찾아오는 일이 잦아 익숙한 태도로 대응했다.

"앨리스 님, 린 님, 어서 오십시오. 메이 공주님의 환복이 끝날 때까지 잠시 기다려주십시오."

이곳 메이드는 앨리스와 린이 올 때마다 공손하게 대해주었지만 두 사람은 그런 태도가 불편했다.

"아, 그렇게 서두르지 않아도 괜찮은데."

"그보다 님을 붙이지 않았으면 좋겠어."

두 사람 다 평민 출신이다.

왕궁, 게다가 메이 전속 메이드라면 귀족 가문 출신자도 있다.

그런 사람이 공손한 태도로 대하는 것은 아무래도 어색하다.

그러나 메이드는 두 사람에게 태연하게 말했다.

"무슨 말씀입니까. 몇 번이고 이 세계를 구하신 영웅님께 그런 무례를 저지를 수 없습니다."

그 말에 앨리스는 쓴웃음을 감추지 않았다.

"영웅님이라니…… 그보다 메이 공주님이 반쯤 알몸인데

내버려 둬도 돼?"

"에취!"

메이드가 앨리스와 린을 상대하기 시작했기에 초등 학원 교복을 갈아입던 도중에 방치된 메이가 귀엽게 재채기했다.

"죄송합니다, 메이 공주님. 자, 이쪽을."

"응. 고마워요."

메이는 고를 훌쩍이며 옷을 갈아입었고 일을 끝낸 메이드는 방을 나갔다.

방에 앨리스와 린, 메이만이 남게 되자 앨리스가 메이에게 어떤 제안을 했다.

"메이 공주님, 제트 부츠도 다룰 수 있도록 하죠!"

"흐에? 제트 부츠라면 그 뿅뿅 움직이는 구두요?"

"갑자기 왜? 앨리스."

제트 부츠를 다룰 수 있게 되자는 앨리스에게 린과 메이는 의문을 품었지만 앨리스는 바로 설명하지 않았다.

"가서 설명할게. 그럼 오늘도 마법 연습하러 가자고요!"

"오!"

이렇게 평소의 연습 장소인 황야에 왔지만 메이의 마법 연습을 시작하기 전에 린이 앨리스에게 설명을 요구했다.

"앨리스, 오늘은 아침부터 이상해. 어째서 메이 공주님과 같은 마법복을 월포드 군에게 부탁했는지, 메이 공주님이 제트 부츠를 다룰 수 있어야 하는지 이유를 알려줘."

아침부터 의아하게 여겼던 린이 앨리스에게 질문했다.
그러자 앨리스는 씩 웃으며 두 사람에게 손짓했다.
"이히히. 잠깐 이리 와봐."
오늘은 달리 아무도 연습하러 오지 않았기에 세 사람뿐이었지만 서로 밀착해서 비밀 이야기를 하는 것처럼 소곤소곤 이야기했다.
그리고 앨리스의 설명을 들은 린은 눈을 반짝였다.
"그거 좋다. 메이 공주님의 훈련도 돼."
"흐아아. 괘, 괜찮을까요? 들키지 않을까요?"
린은 의욕적이었지만 메이는 들키지 않을까 걱정했다.
"음, 들킬까?"
"월포드 군에게 이야기해보자. 월포드 군이라면 비밀로 해줄 거야."
"그보다 오히려 더 적극적으로 도와줄 것 같지!"
결국 곤란할 때는 신에게 부탁하면 어떻게든 된다는 의견으로 마무리되었다.
그렇게 정해졌으니 이제는 메이의 연습이다.
"흐아아~!"
"메이 공주님!"
앨리스는 제트 부츠의 힘으로 의도하지 않는 방향으로 날아가는 메이를 쫓았다.
그리고 떨어져서는 눈이 빙글빙글 도는 메이를 본 앨리스는 크게 통감했다.

"마법복에 방어 마법이 부여되어 있어서 다행이다……."

◆

"신 군~!"

메이가 제트 부츠로 날아가 버렸던 다음 날, 앨리스는 학원에 등교하자마자 신에게 말을 걸었다.

"응? 왜, 앨리스. 그 옷이라면 아직이야."

"그게 아니라 잠깐 상담할 게 있어서."

"상담?"

"응. 아, 시실리, 신 군 좀 빌릴게!"

"어? 아, 네."

시실리에게 허락을 받은 앨리스는 린과 함께 신을 교실 밖으로 데려갔다.

"뭐지?"

"글쎄……."

그 모습을 본 아우구스트와 시실리는 앨리스의 행동에 고개를 갸웃했다.

"흠, 그거 재밌을 것 같네."

"그렇지?! 신 군이라면 그렇게 말할 줄 알았어!"

신에게 사정을 설명하자 앨리스와 린의 예상대로 의욕적이었다.

그러나 의욕적이 됐으면서도 곧바로 문제점을 깨달았다.

"하지만 그러면 얼굴로 들키잖아?"

"맞아! 그러니까 신 군, 부탁이야! 뭐랄까 우리의 얼굴을 알 수 없게 되는 마법 같은 걸 부여해줄 수 있어?"

"인식 장해라……."

앨리스의 부탁을 들은 신은 어려운 표정을 했다.

"월포드 군이라도 어려워?"

당연하다는 듯이 신은 뭐든지 할 수 있다고 생각했던 린은 의외라는 표정으로 물었다.

"너무 그러지 마. 인식 장해라는 건 보는 사람의 시각 정보에 개입해 뇌가 착각하게 만드는 거잖아? 위험해서 쓸 수 없어."

""……무슨 말인지 모르겠어.""

신이 생각하는 인식 장해 마법의 개념에 관해 설명했지만 앨리스와 린은 무슨 말인지 이해할 수 없었다.

"그럼…… 얼굴 전체를 흐리게 보이도록 만드는 것 정도일까?"

"에이, 그건 좀 싫다."

"귀엽지 않아."

"그렇겠지. 나도 좀 싫어."

앨리스는 신도 무리라면 아무도 할 수 없다고 생각해 어떻게 할지 고민했다.

그러나 신에게는 다른 방법이 있는지 씩 웃으며 이렇게 말했다.

"핵심은 얼굴이 들키지 않으면 된다는 거잖아?"

그런 신의 발언과 미소를 보고서 함부로 부탁한 건 아닐까 싶어진 앨리스와 린은 등골이 살짝 서늘해졌다.

"신 군, 무슨 이야기였어요?"

앨리스와 린을 따라갔던 신이 돌아오자 곧바로 시실리가 말을 걸었다.

무슨 일이었는지 물었지만 앨리스와 린이 비밀로 해달라고 말했으니 슬쩍 넘어가려고 했다.

"아, 어제 메이하고 같은 마법복을 만들어달라고 했었잖아? 그 이야기."

신이 그렇게 말하자 시실리가 안도한 표정을 했다.

"하아, 다행이네요. 이상한 이야기가 아니었군요."

그런 시실리의 반응에 신은 석연치 않은 심정이었다.

"……일단은 여자에게 불려 나갔으니 그쪽을 걱정해줬으면 했는데."

"그런 이야기였나요?"

"아야! 아니니까 팔을 꼬집지 마!"

"으~."

어떤 상황에서도 둘만의 세계에 빠져드는 1학년 S클래스의 바보 커플을 바라본 아우구스트는 생각에 잠겼다.

최근 앨리스와 린은 신에게 밀리지 않을 정도의 트러블 메이커다.

알 수 없는 행동을 하는 앨리스와 린이 무언가 새로운 문제를 일으키지 않을까 경계하며 나중에 신에게 캐물어봐야겠다고 결심했다.

그리고 그런 이야기가 있고서 며칠 후, 휴일에 무선 통신기로 신의 연락을 받은 앨리스와 린은 메이를 데리고 황야에 왔다.

"아, 너희 왔구나."

"신 오빠! 오랜만이에요!"

"쿨럭! 아, 그래, 오랜만이야, 메이."

오랜만에 신을 만난 메이가 돌격했고, 그 돌진을 아슬아슬하게 받아낸 신이 힘겹게 인사했다.

신은 메이의 있을 리 없는 꼬리가 크게 흔들리는 듯한 환상을 보고 쓴웃음 지으며 이공간 수납에서 앨리스와 린의 마법복을 꺼냈다.

"와! 고마워, 신 군! 귀엽다!"

"응. 귀여워. 고마워."

"천만에. 그리고 그 물건 말인데……."

신은 그렇게 말하고서 한 번 더 이공간 수납을 전개해 안에서 앨리스와 린이 의뢰한 물건을 꺼냈다.

그리고 그것을 본 세 사람의 반응은…….

"이, 이건?!"

"……뭐야?"

"흐아?"

앨리스는 뭔지 알 수 없었지만 과장되게 놀랐고 린과 메이는 솔직하게 「이게 뭐야?」 하는 표정을 했다.

"후후. 이건 말이지……."

신이 그 물건을 설명하자 세 사람의 표정이 점점 밝아졌다.

"뭐, 그런 식이야. 물어볼 것 있어?"

"좋아! 이거 좋아! 내가 바라던 게 이거야!"

"이거라면 들키지 않아."

"신 오빠, 고마워요!"

설명을 마친 신이 질문이 있는지 물었지만 세 사람은 딱히 없는 듯했다.

신이 꺼낸 물건은 앨리스가 말한 얼굴이 들키지 않게 해주는 물건으로 거기에 서포트 기능까지 더해졌다.

지금까지 본 적 없던 물건을 손에 넣은 세 사람은 빨리 사용해보고 싶어 그것을 입기 시작했다.

세 사람에게 사용 방법을 알려준 신은 이제 괜찮을 거라며 돌아가기로 했다.

그때 앨리스에게 주의를 주는 것도 잊지 않았다.

"나는 이만 돌아가겠지만 메이한테 위험한 일을 시키면 안 돼."

"아, 알고 있어."

간다는 말과 함께 신이 떠났다.

남겨진 세 사람은 신에게서 받은 물건을 사용한 연계와 메이가 더 제트 부츠로 마음껏 날 수 있도록 계속 훈련했다.

그리고 메이가 어느 정도 제트 부츠로 자유롭게 움직일 수 있게 되자 드디어 계획을 실행에 옮기기로 했다.

"그럼 메이 공주님. 내일과 모레는 학원도 쉬니까 실전 연습을 해요!"

"긴장돼요."

이렇게 앨리스 일행은 메이의 실전 훈련을 시작하게 됐다.

제3장 왕도의 마법 소녀

알스하이드 왕국 왕도.

수십만 명이 사는 이 도시는 세계에서도 손에 꼽히는 대도시다.

많은 유명 가게가 줄지은 대로변.

그 대로에서 벗어난 길에도 개인이 경영하는 멋진 점포와 진귀한 가게 등이 수많이 존재하며 활기가 넘친다.

그러나 그런 대도시에서도 더 바깥쪽, 이른바 뒷골목이라는 곳에 가면 인적이 드물어 치안이 나빠지기도 한다.

그런 인적이 드문 뒷골목에 남자 몇 명이 여성의 입을 억지로 막은 채 끌고 나타났다.

분명 납치로 보이는 행위에 여성도 필사적으로 저항했다.

"으읍!"

"야! 이제 좀 얌전히 있으라고!"

"소란 피워봤자 아무도 안 와!"

"싫어! 안 돼!"

여성이 저항했지만 상대는 남성 여럿이다.

날뛰어도 전혀 벗어날 것 같지 않았다.

"헤헤, 포기해."

남자 한 명이 그렇게 말하며 여성의 옷으로 손을 뻗었다.

포기한 여성이 절망하며 눈을 감은 그 순간.

"거기까지야!"

뒷골목에 소녀의 목소리가 울렸다.

갑자기 들린 그 목소리에 흥분하던 남자들과 공포에 떨던 여성 모두가 순간 깜짝 놀랐다.

그런 상황에서 제일 먼저 정신을 차린 것은 절망적 상황에 빠진 여성 쪽이었다.

"누, 누구신지 모르겠지만 도와주세요!"

큰소리로 도움을 요청하는 여성의 목소리에 남자들도 정신을 차렸다.

"누, 누구냐! 이리 나와!"

"여자 목소리였잖아! 헛짓거리하면 네년도…… 컥!"

남자들은 갑자기 들린 의문의 목소리에 저마다 소리쳤지만 그중 한 명이 말하던 도중에 갑자기 뒤로 날아갔다.

그 광경에 말문이 막힌 남자들은 마법에 의한 공격이라는 것을 깨닫고 마법이 발사된 것으로 여겨지는 방향을 보았다.

그러나 그곳엔 아무도 없었다.

있는 것은 건물 위에서 뻗은 세 그림자.

남자들은 다급히 건물 위를 보았다.

그러자 거기에는 태양을 등지고 선 세 그림자가 있었다.

"누, 누구냐?! 넌?!"

소리친 남자에게 그늘진 인물이 그 남자를 가리키며 입을 열었다.

"어떤 악행도 놓치지 않는다!"

"마법의 힘으로 억지로 해결."

"우, 우리는!"

""""마법 소녀 큐티 스리!""""

""""……….""""

빨강, 파랑, 노랑 세 가지 의상을 입고 눈가를 헬멧의 얼굴 보호대와 같은 것으로 가린 세 소녀가 각자 자세를 취하며 그렇게 말했다.

그 광경에 남자들뿐만 아니라 위협을 당하던 여성까지 멍해지고 말았다.

"싫어하는 언니를 억지로 덮치려 하는 그 썩은 속내를 이 큐티 레드가 없애주겠다!"

"옐로, 지금."

"아, 네! 이얍!"

"으헉?!"

레드가 말하는 사이에 옐로가 압축된 공기를 대포처럼 발사하는 마법을 사용해 남자 중 한 명을 날려버렸다.

이번에도 동료가 날아가자 정신이 번쩍 든 남자들이 욕설을 퍼붓기 시작했다.

“이 년이! 웃기는 옷이나 입고 웃기는 짓이나 하다니!”

“레드가 공격한다면서 옐로가 공격했잖아!”

“그런 곳에서 마법을 쏘다니 비겁…… 끄억!”

높은 건물 위에서 마법 사격.

자신들은 닿지 않는 곳에서 일방적으로 공격하는 것은 비겁하다고 말하던 남자가 날아갔다.

상대는 미수라지만 여성을 폭행하려던 범죄자.

옐로는 비겁하다는 말에 아랑곳하지 않고 남자들을 향해 사정없이 마법을 쏘기 시작했다.

“자, 잠깐 기다쿠흑!”

“그런 곳에서 비겁하커윽!”

“잠깐! 항보으억!”

옐로의 공격으로 계속해서 쓰러지는 남자들.

폭행 미수로 처형까지 했다간 저지르는 죄가 더 커지니 목숨을 빼앗지 않도록 마법 위력을 조절했지만 공격 자체는 봐주지 않았다.

순식간에 전멸한 남자들이 정신을 잃은 것을 건물 위에서 확인한 소녀들은 제트 부츠를 사용해 지면으로 내려와 밧

줄로 그들을 묶었다.

그 행동을 습격받던 여성이 멍하니 바라보았다.

그 시선을 알아챈 레드가 여성에게 다가갔다.

"언니, 괜찮아?"

"어? 아, 네. 괜찮아요……."

"그래, 늦지 않아서 다행이다!"

그렇게 말하며 드러난 입가가 미소로 가득해진 레드.

그 표정을 보며 아직 고맙다고 말하지 않았다는 사실을 깨달은 여성이 고개를 숙였다.

"구, 구해주셔서 감사합니다!"

"고마워할 것 없어."

"곤란한 사람은 도와줘야 해요!"

고개를 숙인 여성에게 블루와 옐로가 그렇게 답했다.

여성은 신장과 목소리의 분위기로 아직 소녀로 보이는 세 사람이 누구인지 무척이나 궁금해져 질문했다.

"저, 저기…… 당신들은?"

그 질문에.

"왕도의 치안은 우리가 지킨다! 나는 큐티 레드!"

"큐티 블루."

"큐, 큐티 옐로예요."

""""마법 소녀 큐티 스리!""""

그렇게 말한 레드는 당당하게, 블루는 덤덤하게, 옐로는 부끄러운 듯이 자세를 잡았다.

"……."

그것을 본 여성은 말문이 막혔다.

"그럼 언니, 조심해서 가!"

"아, 어, 네……."

레드가 당황한 여성에게 그렇게 말한 뒤, 소녀 셋이서 폭행 미수범을 들고 경비대로 가기 위해 그 자리를 떠났다.

그리고 남겨진 여성은…….

"뭐지?"

위험한 상황에서 구해줬지만 갑작스러운 상황에 영문을 알 수 없어 멍하니 서고 말았다.

◆

"으흐흐! 잘 풀렸어!"

"여성도 돕고 메이 공주님 연습도 됐어. 만족."

"부, 부끄러웠어요……."

거리에 설치된 경비소로 앞에 『이 남자들은 여성 폭행 미수범입니다』 하는 카드를 목에 건 남자들을 내려놓은 세 사람은 왕도의 하늘을 이동하며 그렇게 이야기했다.

이 세 사람, 레드가 앨리스고 블루가 린, 그리고 옐로가 메이였다.

공격 마법을 배운 메이의 실전 상대로 앨리스가 생각해낸 것.

그것은 지금 알스하이드 왕국에서 빈번히 일어나고 있는 사건의 범인을 체포하기 위해 마법을 사용하는 것이다.

마물을 상대로 하는 것 정도로 위험하지 않고, 무엇보다 왕도 밖으로 나가지도 않았다.

앨리스는 무척이나 훌륭한 작전을 떠올렸다고 생각하느라 왕족을 사건 현장으로 데려간다는 것이 비상식적인 행동임은 고려하지 않았다.

그러나 상대는 범죄자이니 전혀 위험하지 않다고는 할 수 없기에 앨리스와 린이 메이의 호위 겸 조언자로서 함께 있기로 했다.

다만 일단은 범죄자로부터 자신의 몸을 지키기 위해서라면 마법을 사용하는 것이 허가되지만, 기본적으로 거리에서 공격 마법을 사용하는 일은 금지되기 때문에 책임을 묻게 될 가능성이 있다.

따라서 정체를 감추는 방법을 신에게 의뢰했다.

그런 앨리스의 의뢰에 맞춰 만든 것이 헬멧의 얼굴 보호대를 사용해 눈가를 가리는 것.

이것이라면 얼굴을 감출 수 있다.

그리고 얼굴 보호대를 머리에 고정하는 밴드로 무선 통신기 기술을 유용해 만든 스피커와 마이크를 장치해 헤드셋 통화가 가능하게 됐다.

알스하이드 상공을 제트 부츠로 날아다니며 대화할 수 있는 것은 그 때문이었다.

세 사람이 어째서 왕도 상공을 날고 있는가.

그것은 한 번의 성공으로 기분이 좋아진 세 사람이 다음 목표를 찾고 있기 때문이다.

그러자 앨리스와 메이의 헤드셋으로 통신이 들어왔다.

"오른쪽 전방에 위험 발견."

앨리스와 메이는 린이 가리킨 쪽으로 시선을 돌려 그것을 발견했다.

"아, 정말이다!"

"가, 가죠!"

린의 말대로 앨리스와 매이도 위험한 마력을 감지했다.

그곳을 향해 서두르는 세 사람.

그 도중에 앨리스가 말했다.

"린네 아버지 말이 맞았네. 이렇게 여기저기서 사건이 일어날 줄은 몰랐어."

"응. 의외."

평소와는 다르게 얌전해진 앨리스와 린.

"저도 의외예요. 알스하이드는 치안이 좋은 게 장점이었거든요……."

알스하이드의 왕녀인 메이는 조금 슬픈 듯했다.

"괜찮아요, 메이 공주님! 우리가 왕도의 치안을 되찾자고요!"

"왕도는 우리 고향. 치안이 나빠지게 놔둘 수 없어."

"앨리스 언니, 린 언니……."

"그러니까 현장으로 서둘러요!"

"알았어요!"

앨리스와 린의 격려를 받은 메이는 사건 현장으로 서둘렀다.

거기서 세 사람이 목격한 것은 어떤 남자가 다른 남자에게 단검을 겨누고 조금씩 다가가는 모습이었다.

그 상황을 확인한 앨리스는 서둘러 두 남자 사이로 내려와 물리 장벽을 전개.

단검을 찌르려 들던 남자는 그 물리 장벽에 튕겨졌다.

"뭐?!"

깜짝 놀란 남자는 눈이 휘둥그레졌지만 갑자기 끼어든 앨리스를 보고서 몸이 굳었다.

"칼로 찌르려 하다니 위험하잖아!"

"뭐어?!"

이상한 차림으로 자신을 가리킨 앨리스를 본 남자는 벌컥 화를 냈다.

"시끄러워! 진짜 웃기고 있네! 넌 또 뭐야?!"

그렇게 물었으니 답할 수밖에 없다.

"나는 마법 소녀 큐티 레드!"

"마, 마법 소녀? 그러니까 마법사 소녀라는 거냐?"

사실 이 마법 소녀라는 명칭은 신이 생각해냈다.

물론 이쪽 세계에는 마법이 존재하고 있으며 마법을 다룰 수 있는 소녀는 모두 마법 소녀이니 그런 표현 자체가 없었다.

그러나 신의 말이 마음에 든 앨리스와 린이 적극적으로 사용하기 시작했다.

남자는 정체를 알 수 없는 모습의 앨리스를 경계하며 앨리스와 서로 노려보았다.

언제 마법이 날아올지 모른다.

그런 상황에서.

"이얍!"

"커흑!"

갑자기 위에서 내려온 메이가 남자의 얼굴에 드롭킥을 선보였다.

남자는 뒤로 날아가 벽에 부딪혀 그대로 침묵.

남자가 의식을 잃은 것을 확인한 앨리스는 곧바로 공격을 받았던 남자에게 달려갔다.

"괜찮으세요?!"

"어? 그, 그래."

앨리스가 말을 걸자 지금까지 상황을 지켜보고 넋이 나갔던 남자가 정신을 차렸다.

"고, 고마워…… 덕분에 살았어."

"아니요, 천만에요!"

고맙다고 하는 남자에게 싫지 않은 듯이 대응하는 앨리스.

그리고 린이 남자를 묶고 경비대로 데려가려 하니…….

"잠깐만!"

공격을 받던 남자가 말을 걸었다.

"어? 왜?"

"그 녀석 말인데, 내가 경비대로 데려갈게."

"어, 하지만……."

"괜찮아. 그렇게 묶였으니 날뛰지 못하겠지."

솔직히 이 제안은 왕도를 돌아다니는 앨리스 일행에겐 고마운 이야기였다.

앨리스는 잠시 어떻게 할지 망설였지만 계속된 부탁에 경비대로 데려가는 것을 맡기기로 했다.

"그럼 부탁드려요. 그럼 저희는 이만!"

"조심해."

"안녕히!"

그곳은 남자에게 맡기고 곧바로 현장을 떠난 앨리스 일행.

그 뒷모습을 보며 남자가 중얼거렸다.

"마법 소녀라니…… 저 드롭킥도 마법이었어?"

◆

알스하이드 왕도를 날아다니며 범죄자를 찾아 제압한 앨리스 일행.

그 모습을 더 높은 곳에서 지켜보는 두 그림자가 있었다.

"크…… 하아, 하아…… 저 녀석들, 날 웃겨 죽일 셈인가?"

"후…… 후후, 하하하!"

아우구스트와 신이었다.

사실 이번에 앨리스의 상담을 받은 신은 아우구스트의 추궁을 당하기 전에 스스로 아우구스트에게 보고했다.

왕족인 메이를 범죄자 제압에 내보내선 곤란하다는 건 알고 있었다.

그래서 준비를 마치면 곧바로 행동할 것이라 생각해 아우구스트와 함께 앨리스 일행의 행동을 감시했다.

"하아…… 정말이지 이 이야기를 들었을 땐 어떻게 되려나 싶었지만 이걸 보니 괜찮을 것 같군."

"그래. 앨리스와 린도 잘 도와주는 모양이니까."

앨리스 일행의 옷차림, 그리고 싸우는 모습을 지켜본 두 사람은 배를 잡고 웃었지만 간신히 호흡을 가다듬고 이거라면 괜찮으리라 판단했다.

그러나 아우구스트는 오빠로서 메이에게 불만을 말했다.

"그나저나 메이는 조금 더 왕족이라는 사실을 자각해줬으

면 좋겠군."

"네가 할 소리냐."

알스하이드의 왕태자이자 평소 신 일행과 거닐며 마인 토벌의 최전선까지 나선 아우구스트가 한 말에는 설득력이 전혀 없었다.

네가 할 소리가 아니라고 생각했지만, 사실 신은 그것보다 신경 쓰이는 점이 있었다.

"그런데 이렇게 범죄가 잦았던가?"

앨리스 일행을 잠시 감시했을 뿐인데 연달아 두 건의 범죄와 조우했다.

"흠…… 최근 범죄 건수가 늘어나고 있다는 경비국 보고가 맞았군."

"정말?"

"그래. 특히 폭행과 상해지."

"폭행과 상해…… 역시 다들 스트레스가 쌓인 걸까……."

"그렇겠지…… 이건 어떻게든 빨리 끝을 내야겠어."

방금까지 앨리스 일행의 행동에 배를 잡고 웃었던 아우구스트는 범죄 건수 증가에 대해서는 진지한 표정으로 생각에 잠겼다.

그 옆모습을 본 신은 씩 웃으며 말을 걸었다.

"기대할게, 왕태자님."

"으, 소름 끼치는군."

"아, 쟤들이 또 발견한 모양이야."

"뭐? 서둘러 가봐야겠군."

그렇게 말한 신과 아우구스트는 앨리스 일행의 뒤를 쫓아 떠났다.

마침 그 무렵, 앞서 메이의 드롭킥을 맞아 기절한 남자가 일어났다.

"아야……."

"……정신이 든 모양이군."

"응? 어라? 여기 어디야? 왜 묶여 있지?"

일어난 남자에게 아까 공격을 받았던 남자가 말을 걸었다. 그러나 공격했던 남자의 멍한 모습에 공격받았던 남자는 소리치고 말았다.

"무슨 소리야! 너 나한테 칼을 겨눴잖아!"

"뭐?! 내가 왜 너한테 칼을 겨눠?!"

"실제로 그랬잖아! 그러니까 그 이상한 여자애한테 걷어차인 거잖아!"

"이, 이상한 여자애?"

"그래. 뭐랄까…… 아무튼 이상한 애였어."

"걷어차였다고…… 그래서 몸이 아픈 건가……."

"……너 진짜 기억 안 나냐?"

"그러고 보니…… 너하고 밥 먹고 화장실에 간 뒤부터 기억이 없어…….”

“……그게 뭐야…….”

“글쎄……?”

너무나도 알 수 없는 상황에 두 사람은 말로 표현할 수 없는 불안감이 들었다.

◆

“그럼 메이 공주님, 내일 또 봐요!”

“내일은 아침부터 활동.”

“알았어요! 오늘은 고마웠어요!”

앨리스와 린이 게이트로 방까지 데려다준 메이는 다시 게이트로 돌아가는 두 사람을 바라본 후 숨을 내쉬었다.

“하아, 지쳤어요.”

메에는 그렇게 말한 뒤 풀썩 침대에 누웠다.

그리고 오늘 일을 떠올렸다.

“처음엔 조금 무서웠지만 나쁜 사람을 벌하고 고맙다는 말을 듣는 건 즐거웠어요.”

그렇게 중얼거린 메이는 범죄자를 쓰러뜨리고 고맙다는 말을 들었던 일을 떠올리며 혼자 히죽이기 시작했다.

하긴 그 도움을 받은 자들은 일단 고맙다고 하기는 했지만 당황한 심정이 더 컸지만.

그렇게 혼자 웃는 메이의 방에 노크 소리가 울렸다.

"네."

"들어간다."

"오, 오라버니?!"

방으로 들어온 사람이 아우구스트라는 사실에 메이는 무척이나 놀랐다.

그와 동시에 오빠에게는 비밀로 마법 소녀 활동을 했기에 찔리는 기분도 들었다.

"오늘은 왕성에서 보이지 않던데, 어디 갔었어?"

"으에! 저기, 그게……."

아우구스트의 핵심을 찌르는 질문에 메이는 크게 당황했다.

그런 메이의 당황한 모습을 보고서 필사적으로 웃음을 참는 아우구스트.

이내 허둥대는 메이를 보던 아우구스트는 과장되게 한숨을 쉬고서 메이에게 말했다.

"어차피 또 코너와 마법 연습을 했겠지만 너무 들뜨면 안 돼. 최근 넌 왕족으로서의 자각이 너무 없으니까."

"오라버니한테는 듣고 싶지 않아요!"

아우구스트의 자신을 돌아볼 줄 모르는 말에 메이는 자신도 모르게 목소리를 높였다.

그런 메이의 머리를 아우구스트가 강하게 쓰다듬었다.

갑작스러운 행동에 경직된 메이.

"넌 왕녀야. 그러다 혼담도 들어오지 않을 거다."

아우구스트는 그렇게 말한 뒤 메이의 방에서 나갔다.

메이는 쓰다듬은 머리를 만지며 아우구스트가 나간 방문을 보고 중얼거렸다.

"오라버니…… 열이라도 있으신 걸까?"

아우구스트의 신용도는 평소 행실 탓에 칭찬을 해도 상대에게 그대로 전해지지 않을 정도로 낮다는 것이 밝혀졌다.

"메이 공주님, 안녕하세요!"

"안녕."

"안녕하세요. 앨리스 언니, 린 언니."

다음 날 이야기했던 것처럼 이른 아침부터 메이를 맞이하러 온 앨리스와 린.

"그럼 빨리 오늘도 도시의 치안을 지키러 가자!"

앨리스 일행은 그렇게 말한 뒤 주섬주섬 옷을 갈아입기 시작했다.

"알겠어요!"

"음, 더 빨리 갈아입을 수 있는 방법이 없을까?"

"월포드 군에게 물어볼까?"

"그게 좋겠어요!"

그런 이야기를 시끌벅적 나누며 옷을 갈아입는 세 사람.

그리고 전부 갈아입은 세 사람은 오늘도 알스하이드 왕도의 악당들을 혼내주러 떠났다.

◆

"야. 오늘도 나왔어, 저 이상한 녀석들."

"그래…… 또 나왔군. 저 이상한 녀석들……."

알스하이드 왕도의 그늘에 숨은 자들이 그런 대화를 했다.

"저 녀석들 뭐야? 모처럼 우리가 세뇌한 놈들을 모조리 쓰러뜨리고 다니다니."

"어쩌면…… 알스하이드 놈들이 우리의 계획을 알아차렸을지도 모르겠어."

"정말? 그럼 그 작전은 어떻게 되는 거야?"

"임기응변할 수밖에 없겠지."

"정말이지…… 또 제스트 대장한테 혼날 거라고."

"별수 있나. 뭐, 역시나 신 월포드가 있는 알스하이드라고 해야겠지."

"젠장! 재수 없게!"

남자들…… 제스트의 부하인 마인들은 어제에 이어 오늘도 나타난 세 마법 소녀를 보고서 자신들의 행동이 들켰다고 판단해 알스하이드에서 떠나기로 했다.

물론 앨리스 일행은 자신들의 행동이 마인의 활동을 방해했다는 사실을 알지 못했다.

우연이 겹쳐 마인들이 부득이하게 물러나도록 한 것이다.

그 결과 알스하이드에서 마인들이 무엇을 꾸몄는지, 그것을 아는 사람은 아무도 없게 됐다.

◆

휴일이 끝난 마법 학원.

평소처럼 1학년 S클래스에 게이트를 사용한 앨리스가 등교했다.

"좋은 아침~!"

앨리스는 평소처럼 활기차게 인사했지만 아무래도 다른 아이들의 모습이 이상했다.

다들 히죽이고 있었다.

"안녕, 레드."

"안녕하세요, 레드 씨."

"아, 안녕, 레, 레…… 우하하하!"

아우구스트가 인사하자 토르도 같은 인사를 했고, 마리아는 끝까지 말하지 못한 채 웃음을 터뜨렸다.

"어, 어, 어째서 전하가 그 이름을?!"

비밀리에 진행했다고 생각했던 앨리스는 아우구스트가 그 이름을 알고 있는 사실에 놀랐다.

그러자 이미 잔뜩 놀림을 받았는지 조금 야윈 린이 앨리스에게 다가왔다.

"앨리스…… 포기해. 어제와 그제 일은 월포드 군과 전하가 보고 있었어."

"뭐?! 신 군?! 배신했어?!"

신이 배신할 줄은 꿈에도 몰랐던 앨리스는 신을 향해 소리쳤다.

그러나 신은 손을 저으며 앨리스의 말을 넘겼다.

"아니. 아무리 그래도 메이를 험한 일에 참가시켰는데 오그에게 알리지 않을 수는 없잖아. 메이는 왕족이잖아?"

"음, 신에겐 감사하고 있지. 덕분에 즐거운 장면도 봤으니까."

"흐, 흐아아아……."

아우구스트에게 모든 것을 들킨 사실에 경악한 앨리스가 부들부들 떨었다.

그러자 그 모습을 본 아우구스트가 앨리스에게 말했다.

"뭐, 왕족을 그런 곳으로 데려가는 건 문제지만 내가 할 소리는 아니지. 메이도 다치지 않았고 귀중한 경험도 한 모양이니 그 일에 대해서는 딱히 문제 삼지 않겠다."

"저, 정말인가요?"

혼날 거라고 생각한 앨리스는 문제 삼지 않는다는 판결에 살짝 의심하면서도 안심했다.

그때.

딱! 딱!

"아야!"

"아파!"

앨리스와 린의 머리에 꿀밤이 떨어졌다.

"하지만 나한테 비밀로 했던 건 좋지 않아. 이걸로 끝난 걸 다행이라고 생각해라."

"……네."

"……죄송해요."

왕족을 위험한 곳으로 데려갔는데 이걸로 끝난 것은 정말로 행운이다.

혼나서 풀이 죽은 앨리스에게 아우구스트가 쐐기를 박았다.

"그나저나 코너, 너 정말로 신하고 생각하는 게 비슷해졌군."

"어?! 신 군하고?! 그건 좀 너무하지 않아요?!"

"그 발언이 더 너무하다고!"

이리하여 알스하이드 왕도에 이따금 나타나는 수수께끼의 마법 소녀가 탄생했다.

그녀들은 알스하이드 국민을 지키기 위해 학원이 쉬는 날에만 나타난다!

"그나저나…… 메이가 놀라는 얼굴이 눈에 선하네……."

"도, 도망쳐! 메이 공주님, 도망쳐요!"

그 마법 소녀는 지금 학원에서 친구들의 놀림을 받아 울상이 됐다.

제4장 새로운 불안

"다발했던 사건이 일어나지 않게 됐어?"

"그래. 갑자기. 대체 뭐였던 거지?"

최근 일과인 빈 공방에서 마도구 개발을 하고 있으니 오그가 상태를 보러 찾아왔다.

오그는 내가 무엇을 만드는지 궁금해서 참을 수 없는지 자주 이렇게 상태를 보러 온다.

정말로 신용 받지 못하는구나, 나는…….

그리고 오늘도 상태를 보러 와서 최근 왕도에서 빈번하게 일어난 폭력 사건이 일어나지 않게 됐다고 알려주었다.

저번 앨리스와 린의…… 지금 생각해도 웃음이 나오지만 마법 소녀와 전대물이 합체한 듯한 인물이 나타나게 된 이후로 적어졌다고 한다.

"설마…… 앨리스와 린의 영향으로 범죄가 적어진 거야?"

"아무리 그래도 그건 아니겠지."

그야 그렇겠지.

앨리스와 린, 메이는 광학 위장을 기동해 움직이고 있는데다 얼굴을 가리는 장비를 했으니 정체도 들키지 않았다.

오히려 왕도에서는 갑자기 나타나 나쁜 사람을 물리치는 이상한 차림의 여자아이로만 인식하는 듯했다.

그 사실을 알게 된 앨르스와 린, 메이 세 사람은 무릎을 꿇고 좌절했었지…….

어쨌든 그런 알 수 없는 존재가 범죄의 억제력이 되지는 않겠지.

"전부 사라진 건 아니지만 증가하기 이전 수준으로 돌아갔다더군."

그러나 실제로 범죄 건수가 줄어들었다고 한다.

"지금 상황에 불안해하는 건 아니야?"

"그런 점은 확실히 있긴 할 거야. 하지만 이번 사건과는 관계가 없는 모양이지."

지금까지 마인령 공략 작전은 끝나지 않았다.

이번 작전에서 많은 마인을 토벌했지만 마인령에는 아직 많은 마물이 만연한다.

지금은 마물 토벌로 작전이 옮겨갔지만 종식되지 않은 것이 사실이다.

그리고 각국을 습격한 마인은 토벌했지만 마인들의 수뇌인 슈투름은 구 제국에서 아직 건재하고 마인도 산더미처럼 남아 있다.

불안해하지 말라는 것이 무리겠지.

그러니 이번 사건 증가는 그 스트레스가 쌓인 탓에 일어난 것이 아닐까 추측했는데…….

"뭐였을까?"

"글쎄. 전혀 모르겠군. 그보다 신, 아까부터 뭘 만들고 있지?"

복잡한 얼굴로 이번 사건 증가에 대해 생각했지만 들고 있는 부품에 마법을 부여하는 도중이어서 오그가 물었다.

"이거? 마차 부품."

"이게?"

오그는 원형 금속 부품을 들고서 빤히 들여다보며 내게 질문했다.

"어디에 사용되는 거지?"

"이건 축받이야."

"호오. 그래서 어떤 효과가 있지?"

"말로 설명하는 것보다 실제로 보는 편이 알기 쉽겠지."

시범을 보이기 위해 그 부품을 장착한 바퀴 샘플을 보여주었다.

"이걸 돌려봐."

"이렇게?"

장착된 바퀴를 오그가 손으로 돌렸다.

그러자 바퀴가 가벼운 움직임으로 돌아갔다.

오그는 그 가벼움에 놀랐지만 이내 바퀴가 계속 돌아가는 것을 보고서 당황한 듯이 말했다.

"이, 이봐. 이 바퀴 멈추지 않는데?"

"계속 돌아가는군요……."

"원리가 무엇이오?"

토르와 율리우스도 놀랐다.

그것도 그럴 터.

지금 그들에게 보여준 것은 볼 베어링이다.

프레겔에서 대형 마차와 지나쳤을 때 바퀴가 삐걱대며 돌아갔었다.

혹시나 싶어 조사해보니 축받이는 있지만 볼 베어링은 존재하지 않았다.

그래서 나는 빈 공방의 장인들과 이야기해서 이것을 개발했다.

가벼운 힘으로 간단히 돌아가며 브레이크를 걸지 않으면 상당히 오랫동안 돌아간다.

빈 공방의 무두가 절찬한 물건이다.

그리고 나는 이것을 마차 제조업자에게 도매할 생각이다.

마차 그 자체를 만드는 것이 아니고 원래 축받이는 그 업자가 스스로 만들기 마련이니 누구의 일도 빼앗지 않는다.

제조 비용이 조금 오를 뿐.

뭐, 그 결과 적은 수의 말로도 마차가 움직이게 될 테니 말이 남을지도 모르지만, 그건 마차의 수를 늘리면 문제없겠지.

왕도는 넓으니까.

그리고 사실 이 베어링은 어떤 부여가 주어졌다.

그것은 바로 『회전』이다.

마력을 보내는 것으로 가벼운 회전력이 발생한다.

이른바 파워 어시스트다.

가벼운 회전력이라고 얕봐선 안 된다.

베어링에 그것을 부여한 결과 말이 마차를 끌지 않는 상태에서 달리는 것과 같은 속도로 이동할 수 있게 됐다.

이미 빈 공방 사람들과 다양한 실험을 통해 그런 결과를 확인했다.

이렇게 하이브리드 마차가 탄생했다.

먼 거리를 이동할 때도 말의 부담이 줄고 빨라지기까지 하니 장거리 이동 마차를 늘리는 것도 좋을지도 모른다.

"정말로 넌 다양한 걸 떠올려내는군."

"하지만 그렇게나 속도가 나오면 마차에 탈 수 없는 것 아닙니까?"

"그래. 그러니까 서스펜션을 만들었어."

"서스펜션?"

속도가 나오면 기존의 마차 구조로는 탑승감이 좋지 않다.

그래서 새로운 기구로서 서스펜션도 개발했다.

나는 오그 일행을 데리고 그 서스펜션을 만드는 부서에 왔다.

이곳에선 마크와 다른 장인들이 서스펜션을 만들고 있었다.

"아, 전하. 무슨 일이십니까?"

장인들은 갑자기 나타난 왕태자님에게 위축됐지만 평소 오그와 함께 있는 마크는 다른 사람처럼 위축되지 않고 이야기할 수 있었다.

그래서 방문한 오그를 맞이하는 것은 마크의 일이었다.

"방금 신이 이 부품을 보여줬는데 거기에 부속된 서스펜션? 이라는 걸 만들고 있다더군."

"아, 월포드 군은 진짜 굉장하네요. 이런 발상은 없었어요."

슴다! 하고 말하지 않는 마크에게 엄청난 위화감을 느꼈지만 오그에게는 항상 그렇게 말한다.

그런 마크가 오그에게 서스펜션을 설명했다.

"지금까지는 객차 아래에 달린 겹판 스프링으로 마차와 연결해 최대한 흔들리지 않도록 했는데 이건 애초에 바퀴 단계에서 충격을 흡수하는 물건입니다."

"충격을 흡수한다고?"

"네. 여길 봐주세요."

"이건……."

여기서 만드는 것은 사륜 독립식 서스펜션이다.

애초에 마차는 견인차가 없으니 바퀴와 바퀴를 연결하는 샤프트는 없어도 된다.

그런 바퀴 하나하나가 독립적으로 움직이게 하고 그것을 제진기를 사용해 제어하도록 만들었다.

"이 서스펜션이 상하로 움직이며 흔들림을 흡수하고 제진기가 서스펜션을 빠르게 원래 상태로 되돌립니다. 그러니 오랫동안 흔들리지 않게 됐습니다."

"확실히 그 떨림이 불편한 사람도 많지."

"저도 불편합니다."

"소인은 항상 그것 때문에 멀미를 하옵시다."

의외다. 율리우스는 멀미하는 체질인 듯하다.

뭐 이걸로도 조금은 흔들리겠지만 자동차 정도의 속도가 나오는 것도 아니니 충분하겠지.

"이걸 마차를 만드는 공장에 소개하니 엄청난 반향이 있었어요. 베어링도 서스펜션도 주문에 맞춰 다 제작할 수 없는 상황입니다."

"호오. 그렇게 잘 팔리는 건가. 하지만 아직 본 적은 없다만……."

"현재 각 공방에서 제작, 개조하고 있을 겁니다. 특히 개조는 전혀 새로운 장치라 시간이 걸릴 테고요. 어라? 하지만 저번에 왕성에 헌상했는데요? 폐하께서 이용하신다고 들었습니다만?"

"……."

아까도 말했지만 만든 부품은 실제로 마차에 장치해 실험했었다.

그 시작품을 본 디스 아저씨가 무척이나 마음에 들어 해서 한 대를 헌상물로 보냈다.

왕족이 사용하는 것이 제일 큰 선전이니까.

그러나 오그는 들어본 적이 없었던 듯하다.

"나는 몰랐군."

"폐하는 기본적으로 게이트로 이동하시지 않습니까. 최근엔 마차를 이용하시는 모습을 본 기억이 없습니다."

"모르는 것도 당연하옵니다."

그야 그렇다.

아마도 오그는 최근에 마차를 본 적도 없을 가능성이 있다.

그러나 그것은 한정된 일부…… 아니, 게이트를 사용할 수 있는 사람뿐.

평범한 사람에게 마차는 일상생활에서 빠뜨릴 수 없는 것이다.

"그렇게 됐으니 이제 곧 이게 장착된 마차가 온 왕도를 달릴 거야."

모두의 도움이 되면서 누군가의 일도 빼앗지 않는 회심의 마도구에 살짝 당당해진 얼굴로 오그에게 그렇게 말했다.

"넌 알다가도 모르겠군. 황당한 물건을 만드는가 싶다가 모두의 도움이 되는 물건을 만들기도 하지."

"뭐야, 내가 가끔씩만 좋은 일을 하는 것처럼 말하네."

"그렇게 말한 거다."

"너무하잖아!"

이게 어찌된 일인가!

나는 항상 모두의 도움이 되기를 바라며 마도구를 개발했는데!

아, 그것보다 한 가지 더 만든 물건이 있었지.

"맞다, 오그, 토르, 율리우스. 무선 통신기를 꺼내봐."

"응? 상관없다만, 무슨 일이지?"

"개량이 끝났어."

그렇게 말한 뒤 개량판 무선 통신기를 세 사람에게 건네고 오래된 통신기를 회수했다.

이번 개량점은 두 가지.

하나는 착신음이 울리게 한 것.

또 하나는 발신할 수 있는 수를 늘린 것이다.

착신음은 벨소리지. 옛날 전화기하고 비슷한 소리.

통신이 연결된 것을 감지하면 통신기 안에 설치된 작은 벨이 울린다.

벨은 수신하는 쪽에서 멈출 수 있다.

발신 수 증가에 대해서는 지금까지는 금속판과 같은 다이얼을 붙여두었지만, 그것을 자전거 체인처럼 다이얼을 돌려 숫자를 맞추면 최대 9999개의 번호를 부여할 수 있도록 만들었다.

다이얼을 맞추기까지 시간이 걸리지만 단번에 무선 통신기의 수를 늘릴 수가 있게 됐다.

이것은 정말 얼마 전에 만든 것이라 디스 아저씨에게도 건네주지 않았다.

할아버지와 할머니, 그리고 나중에 디스 아저씨에게도 건네주자.

이것으로 전처럼 연계가 무너지는 실수를 저지르지 않게 될 것이다.

이제부터 작전도 마무리가 되어가니 연계를 확실히 해야겠지.

뭐, 아직 이건 시중에 판매할 수는 없지만.

이렇게 간단한 번호로 왕이나 영웅과 통화할 수 있다면 통신기의 벨이 멈추지 않을 것이다.

아직까지는 나라의 상층부에게 어울리겠지.

마석 채굴 발표도 아직이니 우선 고정 통신기의 유통이 먼저다.

"이것도 만들었군. 다소 지나치게 많이 개발한 것 아닌가?"

"만드는 건 공방의 장인 여러분들이지만."

"의뢰가 너무 많잖아…… 제대로 보수는 지불하고 있나?"

"그 점은 괜찮습니다, 폐하. 월포드 상회의 주문으로 매상이 상당히 올라 다들 급여가 올랐으니까요. 월포드 군의 아이디어로 연말에는 보너스도 지급했습니다. 다들 월포드 군의 일은 서로 경쟁하면서 맡으려고 할 정도예요."

"그런가. 그럼 됐다."

"안녕하세요~."

마크가 종업원인 장인들의 대우에 대해 이야기하자 공방 입구에서 여성의 목소리가 들렸다.

"응? 어째서 칼튼이 여기에 있지?"

찾아온 사람은 유리였다.

"어머? 폐하도 계셨네요."

유리가 빈 공방에 나타난 사실에 오그가 놀란 모양이지만 마찬가지로 유리도 놀란 듯했다.

마크가 오그에게 설명했다.

"유리 씨는 그 드라이기와 헤어 아이론의 부여를 도와주고 있습니다."

"그래?"

"네~. 멜리다 님께서 마법 부여의 수를 늘리는 것도 필요하다고 하셔서 아르바이트 겸 빈 공방에서 연습하고 있어요~."

"아버지는 아르바이트가 아니라 정식으로 우리 쪽 장인이 되어달라고 하지만요."

유리는 할머니한테서 마도구 제작의 기술을 높이기 위해 더 많은 수를 제작하라는 말을 들었다.

그 이야기가 나온 참에 그럼 마법 부여를 도와달라고 빈 공방에서 아르바이트 요청을 했다.

원래 유리는 할머니의 후계자라는 이야기를 들을 정도이니 곧바로 전력에 투입.

들어오자마자 마법 부여 부분의 톱이 되었다.

빈 공방의 아저씨는 진지하게 공방으로 스카우트하려 했었지.

뭐, 얼티밋 매지션즈이니 정사원은 일찌감치 포기한다지만.

"연습과 실익을 겸한 좋은 아르바이트예요~."

"유리! 잘 왔다!"

유리와 대화하고 있자니 새롭게 일어난 드라이기 부문의 장인이 유리에게 달려왔다.

"정말이지 드라이기와 헤어 아이론의 판매가 엄청나서 아무리 만들어도 부족하다고!"

"어머나, 그럼 가볼게요, 전하."

"그래. 수고해라."

"어? 전하?"

"자, 가요."

"잠깐, 어? 정말로?"

유리는 자신을 부르러 온 장인을 데리고 일터로 갔다.

부르러 온 장인은 오그가 있다는 것을 전혀 몰랐던 모양이네.

어지간히 바쁜가 보다.

유리를 보낸 뒤, 오그는 나를 바라보았다.

"그럼 신의 상태도 확인했으니 나도 내가 할 수 있는 하러 돌아갈까."

"정말로 감시하러 왔구나……."

"정기적으로 확인하지 않으면 무슨 짓을 저지를지 모르니까."

회사에서 감사를 나온 것도 아니고…….

"아, 맞다. 이거 디스 아저씨한테 건네줘."

"응? 무선 통신기인가."

"아직 다른 나라의 대표에게는 건네지 않았지만. 인공적으로 마석을 만들 수 있는 건 가족 이외엔 올그란 씨뿐이니까."

"다른 나라의 대표에게 건네는 건 그 발표를 한 뒤겠지."

"그렇게 되려나."

"알았다. 건네 드리지. 번호는?"

"15번. 13번이 할아버지고 14번이 할머니니까."

"두 분 보다 앞 번호는 없나……."

"디스 아저씨가 사양할 거야."

할아버지와 할머니는 그런 것을 신경 쓰시지 않겠지만 디스 아저씨가 신경 쓸 것 같다.

"그럼 확실히 받았다."

"그럼 이만."

"실례하겠소이다."

"그래. 작전이 빨리 끝나길 기다릴게."

이렇게 내 감사……가 아니라 감시를 마친 오그 일행이 돌아갔다.

이미 해가 바뀌고 꽤 지났으니 슬슬 작전에 큰 움직임이 있어도 이상하지 않을 때다.

그전에 마석의 발굴 조건에 대한 발표도 있을 테고 저번에 치른 고등 마법 학원의 입시에는 역대 최고의 수험자 수를 기록했다고 한다.

입학생 수는 변하지 않았으니 배율도 역대 최고였다.

그런 고배율을 통과한 우수한 후배들도 기대되고 마석 유통량 증가에 따른 마도구 업계의 활성화도 기대된다.

무엇보다 이번 소동으로 각국의 연결이 강화되었다.

마인 소동이 끝나면 그 후에는 인류의 커다란 발전이 기다리고 있을 것이다.

이 이상 소동이 일어나지 않도록 마지막 일이 틀어지지 않기를 기대했다.

뭐, 오그라면 괜찮겠지.

◆

"그럼 마인령의 마물은 순조롭게 정리하고 있다는 뜻이지?"

"네. 마인 토벌 이후 어째서인지 재해급 마물도 출현하지 않고 있으니 무척이나 순조롭습니다."

"그렇군, 재해급이…… 아우구스트, 어떻게 생각하느냐?"

알스하이드 왕성에 있는 회의실.

그곳에 왕국의 상층부가 모여 앞으로의 일을 협의하고 있었다.

그 속에서 재해급 마물이 나타나지 않게 된 사정에 대해 디세움이 아우구스트에게 의견을 물었다.

아우구스트는 왕태자이지만 얼티밋 매지션즈의 일원으로서 마인과의 전투 경험이 풍부하다.

그런 아우구스트에게 의견을 묻는 자는 많다.

디세움의 질문을 받은 아우구스트는 잠시 생각에 잠긴 뒤 자신의 예측을 말했다.

"……애초에 전에는 재해급 마물을 쉽게 볼 수 없었습니다. 그런데 마물이 많이 나타나면서 재해급 마물의 수가 늘어났습니다. 그리고 이번에 마인을 대량으로 토벌해 수가 줄었으니…… 어쩌면 마인의 수와 비례하고 있는 건지도 모르겠습니다."

"그렇군. 일리 있어. 다른 사람은 어떻게 생각하나?"

아우구스트의 의견에 이해가 된다며 끄덕인 디세움은 회의실에 있는 사람들에게도 의견을 물었다.

"전하의 견식에 동의할 뿐입니다. 아마도 그것이 원인일 테죠."

"그렇습니다. 역시 아우구스트 전하이십니다. 탁월한 견식에 감탄할 따름입니다."

"그렇군요."

질문을 받은 자는 저마다 아우구스트의 추측이 분명할

거라며 칭찬했다.

거기엔 당연히 왕족인 아우구스트를 향한 아부도 담겨 있었는데, 실제로 아우구스트는 얼티밋 매지션즈의 차석.

『마왕』, 『신의 사자』를 잇는 『뇌신』이다.

현역 세계 2위의 실력자의 말이니 상층부는 무조건 아우구스트의 의견을 믿는다는 심리가 존재했다.

그러나 아우구스트는 그 광경에 약간의 위기를 느꼈다.

아우구스트는 가능성 중 하나로 의견을 말한 뒤, 다른 의견도 들어보며 논의할 것을 기대했다.

그러면 자신이 놓친 부분을 알 수 있게 되어 새로운 방법으로 예측할 수 있을 것이다.

그러나 실제로는 아우구스트의 의견이 정답이 분명하다며 그 이상의 논의가 일어나지 않았다.

그리고 아우구스트의 의견을 바탕으로 새로운 작전 계획이 세워졌다.

현재 작전에 참가한 병사의 수를 줄이기로 정해졌다.

작전이 시작된 지 몇 개월이 흘렀지만 파견할 수 있는 최대 인원을 전장에 보내고 있고 교대로 복귀하기도 했지만, 돌아와서도 편히 쉴 여유도 별로 없이 곧바로 다시 출병하는 상황이었다.

그렇다 보니 피로가 누적됐는지 최근 초보적인 실수로 부상당하는 사람이 생겨났다.

이러한 상황을 개선하기 위해서는 병사들에게 휴식을 주어야 한다.

작전의 질을 높이기 위해 양을 줄이는 결단을 내렸다.

아우구스트의 의견은 병사들의 부담을 줄이기 위한 밑받침이 됐다.

이처럼 작전 내용에 여유가 생겼다는 것은 드디어 사태가 최종 국면에 접어들었다는 것을 나타내는 것이기도 했다.

끝으로 향하는 의견이 계속해서 나오는 모습을 지켜본 아우구스트는 문득 한숨을 쉬었다.

"정말로 이래도 괜찮은 걸까……."

아우구스트는 이 자리에 신이 있었으면 좋았을 거라는 생각을 지울 수 없었다.

◆

마인령 공략 작전에 움직임이 있었다.

그 움직임이란 마인령에 출병한 인원을 줄이는 것이었다.

작전의 최종 단계에서 인원을 줄이는 것에 사람들은 불안해했지만 그 이유를 듣고서 다들 안도했다.

그 이유란 마인령에 재해급 마물이 나오지 않게 되어 많은 병사가 필요 없어졌다는 것.

피로 누적이 보이는 병사들의 회복을 위한 인원 감축이라고 발표되었다.

이 발표를 듣고 사람들 사이에선 승리의 분위기가 감돌기 시작했다.

인원을 감축해도 괜찮을 정도로 작전에 여유가 있다고.

이제 곧 작전이 종결될 거라고 모두가 그렇게 여기기 시작했다.

왕도에 감도는 승리의 분위기.

그런 상황에서 학원에 등교한 오그의 안색은 그다지 좋지 않았다.

"왜 그래, 오그. 근심이 많은 표정으로."

"……내가 그런 표정이었어?"

"응. 신경 쓰이는 일이라도 있어?"

어쩐지 평소와 분위기가 다른 오그에게 말을 걸자 훗, 하고 코웃음 쳤다.

"설마 신에게 들킬 줄이야."

"……뭔가 엄청나게 실례되는 말 아니야?"

"그렇지도 않아. 신, 잠깐 의견을 들려주지 않을래?"

"의견?"

오그는 이번 작전 내용이 변경되기까지의 경위를 설명했다.

본래는 기밀 사항이겠지만 우리는 그 기밀과 큰 연관이 있으니까.

평범하게 이야기해주었다.

그리고 그 의견을 듣고 싶다는 내용이…….

"어째서 재해급 마물이 나오지 않게 됐는가……."

"음. 신, 너는 어떻게 생각하지?"

"그렇게 물어도…… 솔직히 오그가 말한 이유가 정답인 것 같은데……."

지금까지 거의 볼 수 없었던 재해급 마물을 마인이 만연하는 마인령에서는 잔뜩 봤다.

그리고 그 마인을 토벌하니 재해급 마물이 사라졌다.

"추측인데…… 마인이 내뿜는 마력에 감화됐다고 생각하는 게 자연스러운 걸지도 모르겠어."

내가 그렇게 말하자 오그는 숨을 내쉬었다.

"그래. 나도 그 의견에 거의 찬성이야."

뭐, 그러니까 회의할 때 그렇게 발언했겠지.

다만…….

"그게 뭔지 모르겠다니까……."

"뭐, 뭐지?! 뭔가 있었나?!"

내가 신경 쓰이는 점을 입에 담은 순간 오그가 맹렬한 기세로 캐물었다.

"으앗! 치, 침착해, 오그!"

"됐으니까! 뭐가 신경 쓰이는지 빨리 말해!"

"알았어! 알았으니까!"

나는 오그를 떨어뜨리고서 그것을 이야기했다.

"확실히 마인들은 평범한 마물과 비교할 수 없을 정도로 불길한 마력을 발산했어. 그 마력에 마물들이 영향을 받아 재해급 마물이 됐을 가능성은 충분히 있다고 생각해."

"그래."

"하지만…… 그것만으로는 설명할 수 없는 마물이 있었잖아?"

내가 그렇게 말하자 오그는 그제야 떠오른 듯했다.

"코뿔소와 사슴……."

"코뿔소는 마물화하지 않는다며?"

"그래……."

"그리고 사슴 마물은 거대화조차 하지 않는다고 알려져 있었는데……."

"……재해급으로 변해 나타났지."

"이것도 마인의 영향인 걸까?"

"……."

인류의 역사상 이만한 수의 마인이 나타난 적은 없었다.

그러니 대량의 마인이 세계에 주는 영향에 대해서는 아는 바가 전혀 없다.

모든 것이 미지수다.

어떤 일이 일어나도 이상하지 않다.

"이것만큼은 신경 쓰여도 고민해봤자 답이 나오지 않는다니까."

"증명할 방법이 없다는 건가……."

오그의 표현이 정확하다.

데이터가 없으니 아무것도 증명할 수 없다.

"그렇지만 설마 동물을 붙잡아 마인의 소굴에 집어넣을 수도 없으니까."

"그거야말로 마인이나 할 짓이지."

솔직히 말하자면 그 실험을 해보고 싶은 생각은 있다.

그러나 오그의 말처럼 그런 행위야말로 마인의 소행이라는 소리를 들을 가능성이 크다.

우리는 각국으로부터 약간의 경계를 받는 구석도 있으니 너무 눈에 띄는 행동은 하지 않는 편이 좋다.

그렇다면 결국 아무것도 증명할 수 없으니 알 수 없다.

"신경 쓰이지만 조사할 방법이 없다는 건가……."

"그런 거지. 뭐, 이제 와서 신경 써봤자 소용없겠지. 각국과의 합동 작전이 변경됐잖아. 그 말은 각국과 조정도 끝난 거겠지?"

"그래, 맞다."

"그럼 이제 이 작전을 수행하는 것에 집중하는 편이 좋을 거야. 이유는 모르겠지만 결국 재해급 마물이 나오지 않게 된 건 사실이니까."

이유는 모르겠지만 사실은 사실로서 받아들이고 앞으로 나아간다.

그러는 편이 좋을 거라고 오그에게 제안하자 그제야 오그의 입가에 미소가 떠올랐다.

"설마 신에게 가르침을 받을 줄이야."

"어라? 뭐야, 놀리는 거야?"

"기분 탓이다. 그럼 작전의 마무리에 전력을 다해볼까."

정말이지 얄밉게 말하는 녀석이다.

뭐, 고민거리가 있는 표정이었는데 마음이 풀린 것 같아 다행이다.

그리고 이후에 벌어질 작전의 수습책에 대해서도 설명을 들었다.

이 마인령 공략 작전은 주변 국가를 침략할 의사가 없는 슈투름을 구 제도에 묶어두고 각국 합동으로 감시망을 설치하는 것으로 종결한다고 한다.

슈투름이라는 마인의 우두머리가 남아 있지만 쓰러뜨린 마인들의 말을 믿자면 지금 슈투름은 자신의 목표를 달성했기에 빈 껍질 상태가 된 모양이다.

슈투름만 자극하지 않으면 더는 위험하지 않을 것이다.

그러나 만약의 사태가 발생할 수도 있으니 감시망을 깔아둔다.

마인은 섬멸해야 한다는 목소리도 있지만 이 이상 사람들을 위험에 처하게 둘 수는 없다.

부디 별일 없이 이 작전이 끝나길 바랄 뿐이다.

다만…… 마인들의 이야기로는 슈투름의 주변에는 이탈하지 않은 마인들이 있다고 한다.

그 마인들이 이상한 행동을 하지 않으면 좋겠는데…….

"전하와 신 군은 여전히 어려운 이야기를 하네."

"응. 못 따라가겠어."

교실에서 오그와 얼굴을 맞대고 복잡한 이야기를 했기 때문인지 주변 사람들도 우리의 이야기에 귀를 기울인 모양이지만 앨리스와 린은 전혀 이해하지 못한 듯하다.

"우리는 나타난 적을 물리치기만 하면 안 돼?"

"마법의 힘으로 강제 해결."

"……큐티 레드와 큐티 블루는 조금 더 고민하고 행동하자."

""여기서 그렇게 부르지 마!""

린의 말이 저번에 들었던 큐티 스리의 말투와 같았기에 나도 모르게 레드와 블루라고 불렀더니 화를 냈다.

덕분인지 아까까지 나와 오그가 만든 무거운 분위기가 돌변, 교실에 웃음소리가 가득해졌다.

다들 친구와 웃을 수 있는 이 시간이 계속되기를 원했다.

이제 우리가 나서는 일이 없기를.

그것이 이때 우리가 가진 공통적인 인식이었다.

그리고 그 바람이 통했는지 마인령 공략 작전은 순조롭게 진행됐다.

각국에서 파견한 병사의 수를 줄이고 충분한 휴식을 취

한 병사와 교대하는 것으로 질의 향상을 꾀했다.

인원은 적어졌지만 이미 포위망은 상당히 좁혀졌으니 적은 인원으로도 충분한 휴식을 취한 병사들이 지금까지처럼 마물을 토벌할 수 있다.

마인령 공략 작전은 끝을 맞이하려 했다.

◆

마인 소동이 종식되어가는 중 알스하이드 마법학기원에서 마석의 발굴 조건에 대한 발표가 있었다.

지금까지 마석은 광산 등에서 채굴하는 도중 우연히 발견되는 일이 많았지만 화산이 가깝거나 커다란 단층이 있는 부근에 많다고 공식적으로 발표됐다.

이것은 과거의 채굴 실적으로 내가 가설을 세우고 알스하이드 마법사단이 조사한 결과 틀림없다고 인정되어 발표된 것이다.

마석의 자세한 생성 조건은 발표되지 않았지만 말이지.

그 결과 월포드 상회는 연일 대성황이었다.

마석 채굴 조건을 발견한 내가 오너인 가게라면 이미 마석을 사용한 상품이 있을지도 모른다고 생각한 사람들이 많았다.

아무리 그래도 그렇게 바로 상품으로 만들지는 않는다니까.

당분간은 판매하고 있던 냉장고에 추가로 마석을 넣어 마력을 주입하지 않아도 얼음이 자동으로 생성되도록 만드는 정도일까?

최신판에서는 얼음으로 차갑게 하는 것이 아니라 냉기를 발생하도록 만들 생각이다.

마석이 잔뜩 채굴되어 시장에 유통되게 된다면 마도구 장인들의 발명도 늘어날 것이다.

그렇게 되면 인류는 더욱 발전한다.

그런 기대가 사람들 사이에 퍼져갔다.

그리고 그 정보를 숨기지 않고 세상에 공개하는 것으로 알스하이드의 평가는 더욱 높아졌다.

현재는 세계 연합에서의 발언력이 상당히 커졌다고 한다.

뭐, 말은 그래도 여기서 주변 제국이나 엘스, 이스 등에 거만한 태도를 보이면 새로운 분쟁의 불씨가 될 테니 상당히 자중하고 있다지만.

순조로운 작전, 마석 발굴량 증가.

많은 사람의 눈에는 어두운 지금에 빛이 드는 밝은 미래가 보이게 됐다.

그리고 우리가 2학년으로 진급할 무렵에는 감시망을 거의 구축한 상황에 이르렀다.

인류의 안녕까지 얼마 남지 않았다.

그러나 우리는 근본적인 착각을 했다.

슈투름에 대해 잊어버린 것이 있었다.

녀석이 과거 왕도에서 무엇을 했는지를.

◆

마인령 공략 작전에 끝이 보이기 시작했다.

이 인류사상 최악의 사태에 종지부를 찍을 수 있다는 것으로 연합을 맺은 각국의 각료들은 세계 회의의 개최지인 담 왕국에서 머물며 최종 합의를 진행했다.

매일 통신기로 본국과 연락하며 회의를 진행했기에 무척이나 순조롭게 진행됐다.

이번 작전은 구 제도를 포위하고 아직 침공의 의사를 보이지 않는 슈투름을 감시하는 체제가 구축된다면 일단 종료된다.

섣불리 이쪽에서 구 제도를 공격해 긁어 부스럼 만들 필요도 없다고 각국이 동의했기 때문이다.

그 의사 결정에는 민중을 이 이상 위험에 노출되게 놔둘 수 없다는 이유가 컸지만 끝낼 수 있다면 한시라도 빨리 끝내고 싶다는 심리도 작용했다.

앞으로는 감시를 계속하며 만에 하나 마인들에게 불온한 움직임이 생기면 얼티밋 매지션즈에게 일임하기로 합의했다.

전에는 막 성인이 된 아이들에게 맡기는 것을 창피한 일이라고 여기는 사람도 많았지만, 지난 마인전에서 그 압도적인 전투력을 본 각국의 병사들은 얼티밋 매지션즈가 차원이 다른 존재라고 인색했다.

병사들은 단순하게 얼티밋 매지션즈의 전투력을 높게 평가할 뿐이지만, 각국 상층부에는 다른 의도가 숨어 있었다.

얼티밋 매지션즈는 알스하이드 소속이다.

그러나 그들의 전투력은 한 나라가 단독으로 소지하기엔 너무나도 큰 힘이다.

그래서 각국은 얼티밋 매지션즈와 교류를 갖는 것으로 세계 공유 전력으로 삼으려는 목적도 있었다.

이렇듯 얼티밋 매지션즈에 기대는 작전이지만, 이 문제는 다음 세대로 이어지지 않을 것이라는 예측도 있었다.

지금까지 마물에게 아이가 생겼다는 보고가 없었고 마인은 이 이상 늘어나지 않을 것이라고 추측됐기 때문이다.

그래서 지금 확인된 마인이 날뛰지 않도록 하면 모든 문제가 해결된다는 것이 각국의 공통된 인식이었다.

그리고 끝이 보이기 시작하자 회의 내용은 다음 화제로 넘어갔다.

이 소동이 종식된 후 구 제국령의 영토를 분배하는 것에 대해서였다.

실은 이 영토의 분배에 대해서는 한 번 나왔던 이야기였다.

그럼 어째서 다시 이 이야기가 논제로 떠올랐는가.

그것은 어떤 사태가 발생했기 때문이다.

"그럼 전에 정했던 영토의 분배를 수정해 담 영토의 재분배에 관한 협의를 시작할까 합니다. 시작해도 괜찮겠습니까?"

의장을 맡은 알스하이드 대표의 말에 자리에 앉은 각국의 각료가 말없이 끄덕이는 와중에 담 왕국의 대표만이 벌레 씹은 표정을 했다.

"……."

"담 대표, 시작해도 괜찮겠습니까?"

"……네, 괜찮습니다."

이번 마인령 공략 작전에서 담 왕국군의 대표인 랄프가 폭주해 마인을 놓치는 사태가 벌어졌다.

물론 이것은 담 왕국의 의사가 아닌 랄프 개인의 폭주였다.

그러나 그런 사태를 개인의 폭주와 실태로 끝낼 수 있는 이야기가 아니다.

신을 포함한 얼티밋 매지션즈의 힘이라면 설령 거기서 놓친다 해도 언젠가 마인을 토벌할 수 있을 것이다.

그러나 그사이에도 병사와 일반 시민의 위험이 늘어나는 것은 자명한 일이다.

다시 말해 랄프는 이 마인 소동의 조기 해결을 방해하여 인류에 불필요한 피해를 가져다준 셈이다.

그런 위험인물을 군의 대표로 앉힌 담 왕국의 책임이 무거웠기에 아무런 문책 없이 넘어갈 수는 없었다.

이번 랄프 폭주 사건은 탐문 조사로 대략적인 파악은 끝났다.

랄프가 신을 『신의 사자』, 시실리를 『성녀』로 불리는 것에 부정적이었던 것, 그리고 그런 신 일행에게 공적을 넘길 수 없었던 그들이 폭주하고 말았다는 것.

그 사실에 격노한 것은 이스였다.

신을 신의 사자로 인정한 것은 다름 아닌 창신교 교황인 예카테리나이다.

경애하는 교황 예하가 인정했음에도 그 신을 업신여기고 공을 빼앗으려 했다며 이스 대표는 상당히 강한 불쾌감을 드러냈다.

그러나 지금 이 회의에 참여한 담 왕국의 대표와 국왕을 포함한 상층부는 신을 신의 사자라고 부르는 것에 긍정적인 인물이다.

그런데도 몇 안 되는 신의 사자 부정파인 랄프 탓에 담 왕국은 믿을 수 없을 정도로 궁지에 내몰렸다.

랄프가 폭주한 사실은 일반 시민에게 알려지지 않았지만 당연히 상층부는 그 정보를 알고 있다.

일부 소수파 때문에 얻을 수 있었던 영지가 줄어든다.

그리고 무엇보다 담 왕국이 잃은 신용의 크기를 생각하면 랄프를 신뢰하던 담 왕국의 상층부도 그의 폭주에 분노를 드러냈다.

이번 회의에 참여한 담 왕국의 대표도 그중 한 사람이다.

'그 성가신 녀석! 얌전히 작전에 참여했더라면 가만히 있어도 영토가 늘어났을 텐데!'

그 담 왕국 대표는 내심 랄프에게 거친 욕설을 퍼부으며 자신을 제외하고 진행되는 회의를 떨떠름한 표정으로 지켜보았다.

결국 담 왕국에 분배되는 영토는 원래 예정되어 있던 크기의 절반으로 줄고 스이드, 카난, 크루트 세 국가에 재분배됐다.

정신적인 주국인 이스가 강한 불쾌감을 드러낸 사정도 있다 보니 담 왕국 대표는 반론을 꺼내지도 못하고 그저 결정 사항에 고개를 끄덕일 수밖에 없었다.

각료의 자리까지 오르고, 나아가 담 왕국이라는 일국의 대표까지 됐는데도 어떠한 반론의 기회와 교섭의 여지조차 없었다.

게다가 지금 이 회의가 열린 곳은 입지적인 조건 때문에 이번에도 담 왕국이었다.

자국에서 열린 세계 회의에서 참담한 심정을 느끼게 된 것이다.

게다가 이스 대표에게선 상당히 강한 비판을 받았다.

그 사실은 담 왕국 대표의 자존심에 큰 상처를 주었다.

"제길, 랄프 자식! 대체 무슨 짓을 저지른 거야!"

자국에서 열린 회의이니 담 왕국 대표는 자택의 방으로 돌아가자마자 자신의 방에 있는 가구를 걷어차며 참았던 분노를 터뜨렸다.

하인들은 평소 이렇게 거칠게 말한 적이 없는 주인에게 당황했고 아내조차 방에 다가가려 하지 않았다.

"하아…… 하아…… 제길! 폐하께 뭐라고 보고해야……."

회의에서 그렇게나 비참한 꼴이 됐는데도 그 회의 결과를 국왕에게 보고해야만 한다.

그런 너무나도 우울한 사실에 담 왕국 대표는 도망치고 싶어졌다.

그러나 보고하지 않을 수는 없는 노릇.

분노와 우울로 담 왕국 대표의 정신은 정상적인 상태가 아니었다.

날뛰어 물건이 흐트러진 자신의 방 책상에서 머리를 감싸 쥐고 있자니 신기한 일이 일어났다.

'밉지 않은가?'

"……?!"

갑자기 들린 그 목소리에 담 왕국 대표는 깜짝 놀라 주변을 둘러보았다.

그러나 하인들은 성난 주인에게 겁을 먹고 방에 다가오려 하지 않았기에 아무도 보이지 않았다.

"……기분 탓인가?"

담 왕국 대표가 그렇게 생각했을 때.

'밉지 않은가?'

다시 목소리가 들렸다.

"누, 누구냐?! 이리 나와!"

담 왕국 대표는 자신도 모르게 소리쳤지만 그 목소리의 주인은 나타나지 않았다.

"제길! 누구냐?! 어디 숨었지?!"

'너는 전혀 잘못하지 않았는데 비난받고 멸시당했다.'

그 목소리는 담 왕국 대표가 마음속으로 생각한 것을 말했다.

"그래…… 나는 아무것도 잘못한 게 없어…… 잘못한 건 랄프인데……."

많은 사람에게 두터운 신뢰를 받던 랄프는 이번 폭주로 담 왕국의 상층부에게서 위험인물로 다뤄지게 됐다.

'그래. 단 한 사람 때문에 우수한 네가 당하지 않아도 될 창피를 당했다.'

"그래…… 그 자식 때문이야…… 그 자식……."

이때 담 왕국 대표가 정상적인 상태였다면 이 방에 충만한 검은 마력을 깨달았을 것이다.

그러나 분노와 우울로 정신이 불안정한 상태였던 것과 그런 불안정한 상태에서 갑자기 누군가가 말을 거는 공포와 당황이 더해져 담 왕국 대표는 방의 이상한 상태를 깨닫지

못했다.

그래서 담 왕국 대표는 서서히 최면 상태로 빠져들어 모습이 보이지 않는 자의 목소리를 그대로 받아들였다.

'본래 비난받아야 하는 것은 그 남자이지 네가 아니다.'

"그래! 그런데 어째서 내가 이런 모욕을 받아야 하는 거야!"

'너는 잘못하지 않았다…… 너는 잘못한 게 없다.'

"그래…… 나는 잘못하지 않았어…… 잘못하지 않았어……."

이렇게 검은 마력에 휩싸인 담 왕국 대표는 모습 없는 자의 목소리에 귀를 기울였다.

잠시 후 담 왕국 대표가 국왕에게 보고하기 위해 마차에 몸을 싣고 저택을 나섰다.

그 모습을 담 왕국 대표의 저택 지붕 위에서 지켜보는 이가 있었다.

"예정대로 잘 움직여줘라."

그 인물은 그렇게 중얼거리고서 모습을 감췄다.

그리고 그 인물을 본 사람은 아무도 없었다.

"그런가…… 역시 그렇게 됐나……."

"예! 정말 안타깝게도……."

담 왕국 대표는 왕성에 도착해 담 국왕에게 회의 결과를 보고했다.

그리고 그 보고를 들은 담 국왕은 침통한 표정을 했다.

"이번 일로 우리 담의 신뢰는 단번에 추락했지."

"……."

국왕의 자조적인 말에 담 왕국 대표는 아무 말도 할 수 없었다.

"이것도 짐의 부덕함 탓인가……."

"그! 그렇지는!"

"됐다. 녀석의 어두운 마음도 모른 채 군의 장관으로 지명한 것은 짐이다. 모든 책임은 짐에게 있지."

이미 노년에 접어든 국왕은 마음이 아픈 탓인지 더욱 나이가 든 것처럼 보였다.

"수고했다. 앞으로도 회의는 계속되겠지. 힘든 입장이겠지만 잘 부탁하마."

"그런…… 그런 황송한 말씀을……."

경건한 창신교 신자이자 사람 좋은 국왕에게 이런 아픔을 주었다.

그 사실에 담 왕국 대표는 랄프에 대한 분노와 증오가 더욱 커졌다.

그리고 그날 밤부터 그는 계속 어떤 꿈을 꾸기 시작했다.

자고 있으면 그때의 목소리가 꿈에 나왔다.

그리고 그 목소리는 너는 잘못하지 않았다, 나쁜 녀석은 따로 있다며 자신을 옹호해주었다.

너무나도 힘든 입장에 있었던 그는 그 꿈속의 목소리에 매달렸다.

그래서 그는 마음의 방어를 풀고 말았다.

만약 이때 그의 침실을 엿본 사람이 있었다면 깜짝 놀랐을 것이다.

그의 어두운 마음을 노리듯 검은 마력이 그를 옭아매고 있었으니까.

그러나 그 모습을 본 사람은 없었다.

그의 아내는 정상이 아닌 남편의 상태에 겁에 질려 침실을 따로 썼기 때문이다.

그리고 아무도 모른 채 검은 마력에 잠식된 그는 나날이 야위어갔다.

가족들은 그 모습에 더욱 겁에 질려 식사도 함께하지 않게 됐다.

그리고 각국의 각료들은 담 왕국 대표의 이상한 상태를 알아차렸다.

알아차렸지만 회의 내용이 담 왕국에 불리하다 보니 걱정으로 야위어가는 것이라고 생각했다.

누구나 그 남자의 이변을 깨달았음에도 제대로 대응하지 않았다.

그 결과 담 왕국 대표의 안에서 어떤 결의가 생겨난 사실을 깨달은 사람은 없었다.

“잘못한 건 내가 아니야…… 잘못한 건…… 그런 결정을 내린…….”

그의 마음속에서는 자신을 이런 궁지로 내몬 범인이 이미 정해져 있었다.

그리고 이제 곧 감시망이 완성되는 시점에 봄을 맞이하고 새해가 시작됐다.

제5장 교황을 향한 악행

봄이 되고 우리는 진급해 2학년이 됐다.

매년 반이 재편성되지만 올해는 우리 S클래스만 면제됐다.

원래 1학년 S클래스는 전원이 궁극 마법 연구회이며 얼티밋 매지션즈다.

S클래스와 다른 클래스의 실력이 너무 큰 차이가 나다 보니 S클래스는 그대로 유지하게 됐다.

A에서 C클래스는 제법 변동이 있었다고 한다.

S클래스로 승격될 가능성을 없앤 것은 좀 미안했다.

토니는 기뻐했지만.

S클래스에서 떨어지면 기사 학원으로 전학하라는 말을 들었으니까.

……뭐, 이제는 그런 소리를 듣지 않겠지만.

나는 그렇게 생각했지만 토니에게 가족과 나눈 약속은 의외로 큰 듯했다.

상황이 어떻게 되든 어길 생각이 없는 모양이다.

보기엔 껄렁하지만…… 속은 남자답다고나 할까 의외로 착실하다니까.

리리아 씨와 사귄 뒤로는 다른 여자에게 한눈을 팔지도 않게 됐고.

그건 그렇고 오늘은 신입생의 입학식이다.

우리는 재학생으로 참가했다.

입학식 자체는 아무 일도 없이 진행됐지만 아무래도 신입생들의 상태가 이상했다.

두리번거린다고나 할까, 단상의 내빈 인사를 듣지 않는다고나 할까.

……뭐, 원인은 알고 있다.

얼티밋 매지션즈가 고등 마법 학원생으로 결성된 사실은 유명한 이야기다.

아마도 우리를 찾아보려는 거겠지.

재학생들은 그렇지 않지만 신입생들은 처음이니까.

뭐, 조만간 익숙해질 거다.

신입생들이 교사진에게 번번이 주의를 받으면서도 입학식은 진행됐고 별 탈 없이 끝났다.

"음~, 아…… 이런 자리는 잠이 오네……."

"굉장하네요, 신 군. 저는 신입생들의 시선이 신경 쓰여 입학식에 집중할 수 없었어요."

입학식 도중에 밀려드는 졸음과 싸우다 몇 번인가 지고 말았다. 굳어버린 몸을 기지개하며 교실을 향해 걷고 있자니 시실리가 황당하면서도 감탄한 듯이 말했다.

"이 녀석은 어딜 가도 주목을 받으니까. 이런 시선에 익숙해졌겠지."

"과연 신 군이야! 무신경하네!"

오그가 냉정하게 분석하자 앨리스가 실례되는 말을 했다.

"뭐, 무신경한 건 그렇다 치고 너희는 앞으로 조심해라."

앨리스에게 한마디 해주려 했더니 오그가 먼저 말을 꺼냈다.

"조심하라고요?"

마리아가 무엇을 조심하라는 뜻인지 알 수 없는 듯이 묻자 오그는 방금했던 발언을 설명하기 시작했다.

"전년도까지는 지금까지 같은 마법 학원생이었던 사람이 갑자기 유명해졌으니 어떻게 대해야 좋을지 몰랐겠지. 그래서 우리에게 지나친 접촉은 없었다."

"그랬죠."

"하지만 신입생은 달라. 고등 마법 학원의 수험자 수는 역대 최고 기록이다. 딱히 이 연령대만 인구가 많은 것도 아닌데 말이지."

아, 그렇구나.

오그가 무엇을 우려하는지 알 수 있었다.

"분명 우리 때문이다. 어떻게 접근해올지 알 수 없지. 궁극 마법 연구회나 얼티밋 매지션즈에 넣어달라고 말할지도 모르고 실력 차도 모른 채 겨뤄보자고 할지도 몰라."

"아~ 그런 뜻이구나."

앨리스는 그제야 이해했다는 표정을 했지만 오그는 그런 앨리스에게 주의를 주었다.

"코너. 넌 특히나 조심해."

"어, 어째서?!"

"겨뤄보자는 말을 들으면 흔쾌히 받아들일 것 같아."

"그렇지 않다고요!"

확실히 앨리스는 걱정된다.

마법 소녀 일도 있으니.

그렇게 생각하며 다른 아이들과 함께 웃으니.

"뭘 웃고 있어, 신. 나는 네가 제일 걱정이다."

"어?! 나?!"

오그의 잔소리가 나를 겨냥했다.

어째서 나야?!

그렇게 생각하고 있으니 예상 밖의 주의를 받았다.

"네 경우 겨뤄보자는 것보다 여자들에게 둘러싸이는 걸 걱정해라."

"어? 하지만 내가 시실리와 약혼한 건 다들 알지 않아?"

성대하게 약혼 피로 파티까지 했으니.

"그게 어쨌다는 거지? 아내가 있으면서도 여자 때문에 신세를 망친 권력자의 이야기는 오래전부터 얼마든지 있었어."

"권력자라니……."

얼티밋 매지션즈의 대표이며 월포드 상회의 오너…… 충

분히 권력자인가…….

“얼티밋 매지션즈는 세상과 격리되어 있지. 마법 학원은 교류를 가질 수 있는 유일한 곳이라고 생각해 벼르고 있을지도 몰라.”

“무슨 그런 민폐인 상상을…….”

확실히 학원이라면 평범하게 다른 학생과 스쳐 지나는 경우도 있지만…… 공부에 더 신경을 썼으면 좋겠다.

일단 알스하이드 최고의 고등 학원 중 하나이니까 말이야.

앞으로 찾아올지도 모르는 성가신 일에 실망하고 있자니 오그가 시실리에게 말을 걸었다.

“그러니 클로드, 너는 반드시 신과 함께 있어. 이건 명령이다.”

“네! 절대로 떨어지지 않을게요!”

시실리는 그렇게 말하고선 그대로 내게 팔짱을 꼈다.

아니, 저기…… 아직 주변에 다른 애들이 있는데…….

“아직은 이르다만…… 좋아. 종일 그러고 있어.”

“알겠습니다!”

오그 녀석, 분명 즐기고 있는 거지?

그러나 나도 그 부드러운 감촉에서 팔을 떨쳐낼 생각은 조금도 없었다.

“이 꿀 떨어지는 행동을 보면 누굴 노리든 포기하겠지. 그냥 콱 죽어버리지…….”

마리아가 원한 섞인 말을 쏟아냈다.

……어째서 마리아에게는 남자 친구가 생기지 않는 걸까……. 최근엔 헌터 협회에서도 아는 사람이 많아졌다고 하는데.

여자 헌터는 수가 적으니 다들 잘 대해주지 않아?

그렇게 생각하고 있자니 최근 헌터 협회에 자주 가게 된 토니에게서 마리아의 실태를 들을 수 있었다.

"하하…… 뭐랄까, 협회에서 말을 건 남자를 미란다 씨하고 둘이서 혼쭐을 내준 모양이라…… 그 두 사람에겐 간섭해선 안 된다는 불문율이 생겼지."

그건…… 자업자득 아닐까?

남자 친구가 생겼으면 좋겠다고 말하는 것치고는 헌팅을 당해도 물리쳐버리는 마리아.

"마리아는 헌팅을 싫어하지."

나도 모르게 그렇게 중얼거리자 마리아는 한숨을 쉬며 답했다.

"헌팅 방식에 따라 다르지. 하지만 어째선지 나한테 말을 거는 건 저속한 놈들이 많다니까."

곤란하다는 듯이 어깨를 으쓱이며 고개를 가로젓는 마리아.

처음 만났을 때도 거친 헌팅을 당했던 모양이고…… 그런 부류를 끌어들이는 무언가가 있나?

"저속함을 부르는구나!"

"실례되는 소리 마, 앨리스!"

웃어선 안 된다.

앨리스에게 동의하고 싶지만 웃어선 안 된다.

그러지 않으면 분노의 화살이 나에게 돌아온다.

앨리스와 마리아의 술래잡기에 뒤를 따르듯 우리도 교실로 이동했다.

이번 학기부터 2학년용 S클래스다.

말은 그래도 장소가 달라졌을 뿐 1학년 때와 설비는 똑같지만.

"우선 오늘은 소동이 일어나지 않아 다행이군요."

"정말 그렇군. 작년 이맘때는 일찍부터 소동에 휘말렸으니까."

"아으…… 죄송해요……."

교실에 도착하고 안도한 듯이 토르가 말하자 오그가 작년 일을 떠올리며 그렇게 말했다.

그러자 그 소동의 원인이었던 시실리가 미안해했다.

"시실리 탓이 아니야."

"아니요, 제가 원인이었던 건 분명하니까요."

"그렇게 신경 쓸 것 없는데. 오히려 그 소동으로 시실리와 친해지기도 했고."

"신 군……."

"하지만 그 소동이 이렇게나 커질 줄은 몰랐어."

작년 이맘때 일어난 카트 폭주 사건.

그 후 카트는 슈투름의 실험대로 마인이 되었고, 슈투름이 마인을 대량으로 만들어냈으며, 그 마인이 폭주해 온 세계가 휘말린 커다란 소동이 벌어졌다.

그 소동도 이제야 끝이 보이기 시작했으니 1년이 지나서야 간신히 원래대로…….

"……응?"

"왜 그래, 신."

"아니…… 뭔가 중요한 것을 잊고 있는 것 같은데……."

뭘까?

지금 뭔가 마음에 걸렸다.

"잊고 있다고? 뭘 말이지?"

"음…… 뭘까? 조금만 더 하면 알 것 같은데……."

오그의 질문을 받고 필사적으로 떠올리려 했지만…….

뭘까? 뭔가가 걸리는데 떠오르지 않는다. 무척이나 답답하다.

그런 내 모습을 오그도 지켜보았다.

그러나 도저히 떠오르지 않자 오그도 포기하고 다른 화제를 꺼냈다.

"……상당히 신경 쓰이지만 떠오르지 않는다면 어쩔 수 없지. 생각나면 바로 말해줘. 가능하면 만전한 준비로 종결을 맞이하고 싶어."

"그 말은……."

"그래. 슬슬 작전의 종결 선언이 나올 거다."

"흠, 드디어 입니까!"

오. 본격적으로 작전이 종결한다고 한다.

마리아도 끼어들었다.

"이제 곧 감시망이 완성될 테니까. 최종적으로 예카테리나 교황 예하께서 종결 선언을 하면 이 작전은 끝나."

"길었네요. 반년 이상 걸릴 줄이야."

"이것도 온 세계가 협력해준 덕분에 상당히 단축된 거야. 우리나라만 이 작전을 실행했더라면 몇 년은 걸렸을 거다."

"으으! 몇 년이라니 끔찍하네요!"

토니는 이제야 끝난다고 중얼거렸고, 앨리스는 알스하이드만 작전을 실행했다면 몇 년 걸렸을 거라는 말을 듣고 무척이나 싫은 표정을 했다.

그야 이런 긴장 상태가 몇 년이 이어지는 사태는 벌어지지 않았으면 좋겠지.

"그렇구나, 드디어구나."

"뭐, 슈투름이나 마인들이 사라진 건 아니니 방심은 할 수 없지만 말이야. 그러기 위한 감시망이고 무슨 일이 생기면 우리가 나서게 된다."

그래도 마인들이 어느 나라를 습격하지는 않을까 계속해서 긴장하는 것보다는 좋을 것이다.

이것으로 간신히 조용한 일상으로 돌아오려나.

"뭐, 평화로워져도 이번엔 다른 문제가 생기겠지만."

"다른 문제?"

"벌써 잊었어? 신변에 주의하라는 것 말이야."

"아, 그거……."

뭐, 평화로운 고민인 걸까?

그리고 입학식이 끝난 다음 날 이후부터…….

"아아, 전하…… 이렇게 가까이서 그 존안을 뵐 수 있을 줄은……."

"앨리스 선배, 귀여워!"

"시실리 언니가 이쪽을 보셨어!"

학원 안을 다닐 때마다 올해의 신입생들에게서 다양한 말이 쏟아졌다.

이렇게나 떠들썩하니 마치 아이돌이 된 기분이었다.

우리에게 직접 말을 거는 일은 없었지만 지나치거나 멀리서 발견했을 때는 이렇게 다양한 소리가 들린다.

기쁘긴 한데 엄청 부끄러운데…….

그것보다도 신입생들의 반응 중에 무척이나 의외였던 점이 있다.

"아아, 아름다워…… 마리아 언니……."

"아름답고도 늠름하셔서…… 아아, 안기고 싶어!"

"마리아 언니! 사모하고 있어요!"

마리아가 하급생 여자들에게 엄청난 인기라는 사실.

평소 남자 친구가 생겼으면 좋겠다고 노래를 부르던 마리아…….

안타깝게도 그녀의 매력은 남자보다 여자를 끌어들이는 듯하다.

"뭐야 이거…… 여자한테 인기 있어도 하나도 안 기뻐!"

"뭐 어때. 귀엽잖아, 마리아 언……."

"계속 말했다간 없애준다……."

"네…… 이제 안 할게요……."

마리아를 놀려줄까 했더니 킬러 같은 표정으로 턱을 붙들렸다.

위험해…… 진심이다…….

내가 마리아에게서 생명의 위기를 느끼고 있으니 시실리가 웃으며 말했다.

"마리아는 전부터 하급생 여자아이들한테 인기가 많았지."

"옛 상처를 들추지 마, 시실리……."

시실리가 저렇게 말하는 걸 보면 전부터 이랬구나…….

그것보다 방금 나 죽는 줄 알았는데…….

왜 웃고 계신가요, 시실리 씨?

그리고 그 시실리의 경우 남녀를 불문하고 하급생에게서 다양한 반응이 나오리라 생각했는데 의외로 아무도 시실리에게 다가오려 하지 않았다.

대신 사람들로부터 이런 목소리가 들렸다.

"아, 성녀님…… 아름다우셔……."

"성녀님을 이 눈으로 볼 수 있다니……."

"고마운지고, 고마운지고~."

……뭐랄까, 시실리가 신성시되고 있다.

그러고 보니 최근 시실리는 치유 마법 기술 향상을 위해 거리의 치료원에서 자원봉사했다.

거기서 나아질 가능성이 없었던 환자까지 치유하게 되어 성녀로서의 인기가 올랐다는 이야기를 들었다.

뭐…… 괜한 문제가 생기지 않는다면 딱히 괜찮겠지.

"다들 너무 거창하시네요……."

"무슨 말이야. 밖에서도 비슷한 반응이었잖아."

"그러니까 그게 거창한 거라니까."

시실리는 자신을 숭배하는 것은 과하다고 생각하는 듯했지만, 마리아의 이야기로는 밖에서도 같은 상황인 듯했다.

시실리는 게이트로 치료원에 가고 나도 빈 공방에 틀어박혀 있으니 최근 거리의 상황은 몰랐다.

마리아는 최근 계속 헌터 협회에 드나들고 있으니 거리의 정보를 잘 알 것이다.

"그나저나 의외네."

그런 마리아가 의외라고 여기는 사태가 발생한 모양이다.

"뭐가?"

궁금해서 물어보니 예상 밖의 대답이 돌아왔다.
"거리처럼 학원이 아닌 곳에서는 신의 소문이 엄청나게 자주 들리는데 여긴 아무도 그 이야기를 하지 않아."
뭐야, 그런 거였어?
"다들 시실리라든가 마리아에게 눈길이 가기 때문이겠지? 성녀님의 이런 모습은 다른 곳에서는 볼 수 없으니까."
내 팔을 안은 시실리를 보며 농담처럼 말했다.
"……그러게, 학원 안에서 그렇게 찰싹 붙어 다니는 사람은 달리 없으니까……."
솔로인 마리아가 무척이나 무기력한 듯이 말했다.
"음, 신 군도 마리아도 너무해요. 전하의 명령이니까 어쩔 수 없는데."
나와 마리아에게 뺨을 부풀리며 항의하는 시실리.
이런, 너무 귀엽잖아.
"그게 아니면…… 신 군은 저하고 이러는 게 싫은가요?"
"대환영입니다."
조심스럽게 올려다보는 시실리에게 나도 모르게 즉답해버렸다.
"다행이다."
그러자 시실리는 기쁜 표정으로 더욱 꼭 안았다.
"아…… 달달해서 설탕을 토할 것 같아……."
그러고 있는 사이에도 주변에서 우리를 향한 목소리가 들리지 않았다.

역시나…… 학원 내에서 찰싹 붙어 있지 말라는 소리를 들을 법한 행동이라는 자각도 있지만 그런 것도 없었다.

역시 다들 시실리라든가 마리아 같은 미소녀에게 시선이 가는 거겠지.

"……아, 그렇구나."

그렇게 생각했는데 마리아가 무언가 이해했다는 듯이 중얼거렸다.

"뭐가 말이야?"

"신이 지나가니 얘기하기 시작했어. 쟤들, 신 앞에서는 긴장해서 말도 안 나온 모양이야."

"무슨 그런 과장을……."

그렇게 생각해 살짝 뒤로 집음 마법을 걸었다.

"위험해…… 숨 쉬는 것도 잊고 있었어……."

"신 님……."

"저 압도적 강자의 아우라…… 진짜 마왕님이구나……."

"성녀님의 시중을 받는 것도 이해가 돼……."

잠깐! 마지막 두 녀석은 뭐야?!

성녀의 시중을 받는 마왕이라니, 그건 그냥 악역이잖아!

나도 모르게 항의하려 했지만 시실리가 단단히 팔을 안고 있어 움직일 수 없었다.

"신 군, 안 돼요. 전하께서 최대한 하급생을 상대하지 말

라고 하셨잖아요?"

"하, 하지만!"

아…… 하급생 남자들 사이에서 내 이상한 평판이 퍼진다!

어떻게든 하고 싶었지만 시실리의 가드를 돌파할 수 없었다.

도저히 그 부드러운 감촉을 떨쳐낼 수가 없었다!

"……바보 같은 짓 말고 빨리 교실로 가자."

"그, 그래."

결국 마리아가 재촉해 하급생들의 평판을 고쳐주지 못한 채 그 자리를 떠나게 됐다.

하아…… 앞으로 저 아이들 사이에서는 색욕 마왕으로 불리겠지…….

"응?"

그런 생각을 하며 걷고 있자니 안뜰에 사람이 몰린 것이 보였다.

뭐지?

"형님! 부디 제게 인기의 비결을 알려주세요!"

""""부탁드립니다!""""

"그렇게 말해도……."

"형님! 그 육체미, 아름답습니다!"

"울퉁불퉁! 울퉁불퉁!"

"마음껏 보시오!"

……토니와 율리우스가 하급생 남자들에게 둘러싸여 있

었다.

토니의 주변에는 여자 친구가 있었으면 하는 사춘기 남자들이, 율리우스 주변에는…….

"못 본 거로 하자."

"쟤들 지금 뭐 하는 짓이야……."

"하, 하하하……."

딱히 시비를 거는 것도 아니고 얼티밋 매지션즈에 넣어달라는 것도 아니다.

저건 무해할 듯하니 방치해두는 것이 제일.

"형님!"

"형님!"

그나저나…… 쟤들은 독특한 부류에 인기가 있구나.

◆

그런 새롭지만 피곤한 학교생활을 보내던 어느 휴일.

그날은 얼티밋 매지션즈가 우리 집에 모여 있었다.

그 이유는 오그가 무선 통신기로 호출했기 때문이다.

대체 무슨 일인가 했더니 오그는 우리가 기다리던 말을 꺼냈다.

"신, 종결 선언의 일정이 잡혔다."

"오! 그럼 감시망이 완성됐어?!"

"그래. 바로 어제였지. 통신기로 연락이 들어왔다. 감시망이 완성됐으니 이제 교황 예하의 선언으로 사태를 종결한다고."

그 보고를 들은 순간 모두가 기뻐했다.

"예~! 해냈다!"

"응."

앨리스와 린이 하이파이브한다.

다른 사람도 기뻐 보였다.

"우리가 참가한 것은 초반뿐이었지만 자신이 참가한 작전이 무사히 끝나니 안심이 되네요."

"그러고 보니 우리가 참가한 건 처음 몇 주뿐이었지."

"하지만 그 실적은 마인의 대량 토벌이다. 더 자랑해도 돼."

마리아와 토니가 참가한 시간이 짧다는 점을 신경 쓰는 모양이었지만 우리는 할 수 있는 일을 했으니 당당해도 된다고 생각한다.

그렇게 오랜만 찾아온 낭보에 다들 기뻐하고 있자니 누군가의 무선 통신기의 착신음이 울렸다.

"음? 나군."

오그가 자신의 착신음이라는 것을 깨닫고 무선 통신기를 꺼냈다.

이곳에는 우리가 모두 있고 할아버지와 할머니도 있다.

그렇다면 연락을 줄 사람은 디스 아저씨밖에 없다.

무슨 일일까?

"네. 아우구스트입니다."

오그도 상대가 디스 아저씨라는 것을 알고 있는지 정중한 말투로 응답했다.

"네. 지금 신의 집입니다만…… 네. 네? 예?! 정말입니까?!"

처음엔 평범하게 대응하던 오그가 갑자기 큰소리를 냈다.

뭐지? 긴급 사태인가?

크게 당황한 오그의 모습에 모두가 긴장했다.

"네. 알겠습니다. 어이! 신!"

"왜?"

"아바마마께서 바꿔 달라고 하신다."

디스 아저씨가 나한테?

나는 당황하면서도 오그에게서 무선 통신기를 받아들었다.

"디스 아저씨, 무슨 일 있었어?"

『오오, 신 군인가! 거기에 멀린 님은 계신가?』

"응. 있어."

『그럼 잘됐군. 멀린 님과 이스의 카체가 있는 곳으로 가다오!』

"예카테리나 씨한테? 왜?"

『긴급 사태다! 방금 이스에서 긴급 연락이 들어왔다.』

"긴급 연락?"

어쩐지 불길한 예감이 든다.

『카체가…… 카체가 칼에 찔렸다!』

이제 곧 끝난다고 여기던 사태가 생각지도 못한 방향으로 흘러가기 시작했다.

"예카테리나 씨가 찔렸다고?! 대체 무슨 말이야?!"

디스 아저씨의 긴급 연락은 예카테리나 씨가 칼에 찔렸다는 연락이었다.

『어째서 그렇게 됐는지 자세하게는 몰라. 찔린 상처 자체는 치유 마법으로 치료 중이라는데…….』

디스 아저씨는 거기서 한번 말을 끊었다.

"왜? 무슨 문제가 있어?"

『칼에 독이 발라져 있었던 모양이구나.』

"독?!"

『그래. 아무리 치유 마법을 걸어도 쇠약해질 뿐이라고 해. 그래서 신 군에게 도움을 요청한 거다.』

제길! 어떻게 된 거야!

이스의 치료 마술사는 독을 치료할 수 없는 거야?!

"알았어! 바로 갈 테니까 그쪽에 미리 이야기를 해줘!"

『음. 부탁하마. 카체에게 문제가 생기면 다른 혼란이 일어나. 그것만큼은 어떻게 해서든 피해야 해.』

방금 예카테리나 씨의 종결 선언으로 작전이 끝난다고 이야기한 참인데 설마 이런 일이 벌어질 줄이야.

누가 무엇을 위해 그런 짓을 했는지는 모르겠지만 전 세계에 신도가 있는 창신교의 교황이 살해된다면 모처럼 마인 소동이 잠잠해진다 해도 평온을 맞이할 수 없다.

그것만큼은 반드시 피해야 한다.

이렇게 될 줄 알았으면 그 목걸이를 건넸어야 했는데!

잊어버렸던 것이 분하다.

"할아버지!"

"음. 이야기는 들었다. 이스로 가자꾸나!"

"부탁해! 그럼 오그, 다녀올게!"

"신! 어떻게 해서든 교황 예하를 구해라!"

"알고 있어!"

오그의 부탁을 들으며 나는 할아버지가 연 게이트를 통해 이스로 갔다.

게이트를 통해 나온 곳은 호화로운 개인실이었다.

게이트를 나온 할아버지는 망설이지 않고 방문을 열고 나갔다.

"뭐! 누구냐?! 교황 예하의 방에서 나오다니!"

여기가 예카테리나 씨의 방이었구나.

문 앞을 황급히 달리던 기사가 예카테리나 씨의 문에서 나온 할아버지를 보고 물었다.

그야 갑자기 교황의 방에서 사람이 나오면 깜짝 놀라기 마련이겠지.

"난 멀린 월포드! 이쪽은 손자인 신이다! 알스하이드 국왕 디세움의 의뢰로 예카테리나를 치료하러 왔다! 당장 안내해라!"

할아버지는 그런 기사의 질문에 당당히 답하고서 예카테리나 씨가 있는 곳으로 안내하라고 말했다.

하지만 기사는 갑자기 나타난 할아버지를 바로 믿을 수는 없었던 듯하다.

"뭐, 현자님이라고?! 뻔한 거짓말을……."

"시끄럽다! 종알대지 말고 빨리 안내해!"

우와! 할아버지가 진짜 화났다.

할아버지의 주위로 엄청나게 짙은 마력이 소용돌이쳤다.

잠깐, 그건 위험한 수준이라니까!

마력을 본 기사의 다리도 덜덜 떨리고 있잖아!

"꾸물대지 마! 만약 내가 늦어 예카테리나가 죽기라도 한다면…… 네놈을 찢어 죽여주겠다!"

"힉! 하, 하지만 정체를 알 수 없는 자를 데려갈 수는……."

이렇게 무서운 할아버지는 본 적이 없다.

쉽게 안내해주지 않는 기사에게 상당히 짜증이 난 상태다.

하지만 저 기사가 하는 말도 이해는 된다.

디스 아저씨의 의뢰지만 그것을 증명할 방법이 없다.

미리 연락해달라고 말했는데 어디에 게이트가 열릴지는 말하지 않았으니까.

어쩌지?

한시라도 빨리 치료하지 않으면 늦을지도 모른다.

어떻게든 이 상황을 해결할 방법이 없을지 고민하고 있자니 호화로운 법의를 입은 신자가 달려왔다.

저, 저 사람은!

“이봐! 신 님은 아직…… 오오! 신 님!”

“오랜만이에요, 마키나 씨!”

“어?! 마키나 대사교?! 그럼 정말로 현자님과 사자님이십니까?!”

다행이다!

마키나 씨는 내 얼굴을 알고 있으니 신원을 증명하기엔 최적의 인물이다.

“정말로 바로 와주셨군요!”

“당연하죠! 바로 교황 예하가 있는 곳으로!”

“네! 이쪽입니다!”

앞장서서 달리는 마키나 씨의 뒤를 나와 할아버지가 따라갔다.

그때 기사도 함께 따라왔는데 불쌍할 정도로 창백해진 표정이었다.

“설마 정말로 현자님과 사자님이었을 줄은…… 내가 대체 무슨 짓을…….”

중얼거리며 따라오고 있지만 지금은 기사를 상대하고 있을 때가 아니다.

“마키나 씨, 교황 예하의 상태는?”

"하아, 하아, 예? 아, 찔린 상처가 상당히 깊어 피를 대량으로 흘렸습니다……! 하아, 하아, 마, 만약 상처가 나아도……."

그 이상은 숨이 차올라 말할 수 없었는지, 아니면 절망적인 상황에 말을 이을 수 없었는지 마키나 씨는 거기서 입을 다물었다.

나도 그 이상 아무 말 없이 마키나 씨의 뒤를 따랐다.

그리고 도착한 곳은 알현실.

국가 원수이기도 한 창신교의 교황은 다른 나라의 사자를 알현실에서 맞이한다.

"알현실이라는 건 범인은……."

"하아! 하아! 예…… 외국의…… 담 왕국의 사자입니다."

역시 외국인이었나.

턱 끝까지 숨이 차오른 마키나 씨가 마지막 힘을 짜내 알현실의 문을 열었다.

"신 님! 교황 예하를 부탁드립니다! 부디 구해주십시오!"

"네! 지나갈게요! 치료는 제가 대신하겠습니다!"

문을 열고서 지쳐 주저앉은 마키나 씨의 말을 뒤로하고 알현실의 군중을 향해 달렸다.

"사자님께서 지나가신다! 다들 길을 비켜라!"

주저앉으면서도 필사적으로 소리친 마키나 씨의 목소리에 군중이 양옆으로 갈라졌다.

"오오! 사자님! 사자님께서 와주셨다!"

"사자님! 예하를, 교황 예하를 구해주십시오!"

마키나 씨의 외침 덕분에 이번엔 누구의 방해도 받지 않고 지나갈 수 있었다.

완전히 숨이 차올라 괴로워 보였는데…… 그렇게나 신경 써준 마키나 씨를 위해서라도 어떻게 해서든 예카테리나 씨를 구하자!

그런 결의로 달려간 곳에서 드러난 광경은…… 피 웅덩이 위에 쓰러진 예카테라나 씨와 필사적으로 치료하는 치유 마법사, 그리고…….

"으히히! 나는 잘못한 것 없어! 저런 애송이를 신의 사자라고 인정한 교황이 잘못한 거다!"

기사에게 붙들려 기괴한 목소리를 내는 범인으로 보이는 남자였다.

"닥쳐라! 이 역적이!"

"속국의 사자 주제에 잘도 이런 만행을!"

이 자식이 예카테리나 씨를 공격한 범인인가!

예카테리나 씨가 할아버지, 할머니와 깊은 인연이 있다는 것을 알게 된 지금, 내 안에는 범인을 향해 스스로도 놀랄 정도의 분노가 끓어올랐다.

그리고 그와 동시에 범인을 억누른 기사들에게도 분노가 치밀었다.

교황의 호위인 주제에 잘도 이런 범행을 허용하다니.

그러나 지금은 그 일을 탓할 때가 아니다.

한시라도 빨리 예카테리나 씨를 치료해야 해!

"그대로 치유 마법을 계속 사용해주세요! 진찰하겠습니다!"

나는 우선 지금 상태를 파악하기 위해 진찰부터 시작했다.

그러는 사이에 치유 마법사에게는 계속해서 마법을 사용해달라고 했다.

독이 체내에 들어갔다. 꾸물댈 수는 없어!

우선 마력을 예카테리나 씨의 몸에 보내 세포 하나하나까지 감지하는 상상을 한다.

그 진찰로 알게 된 것은 찔린 곳은 복부.

그때 내장 몇 군데까지 상처가 났으며 치유 마법사의 마법으로 출혈은 멈췄지만 상처 자체는 아직 치유되지 않았다.

게다가 독이 온몸으로 돌아 이제는 언제 죽어도 이상하지 않은 상태였다.

"큰일이야!"

그것을 인식한 나는 서둘러 치유 마법을 발동했다.

우선 찔려 상처가 난 내장을 같은 장기에서 세포를 배양해 복구한다.

……제길! 치유에 드는 시간이 유독 길게 느껴진다.

빨리…… 빨리…….

"……! 끝났다!"

다음은 독을 정화한다!

이미 온몸에 독이 돌고 있어 상처 부근만 정화해도 의미가 없다.

그래서 온몸에 정화 효과를 퍼트리기 위해 정맥을 통해 치유 마법을 흘려보냈다.

정맥에 흐르는 독을 정화하는 치유 마법은 일단 심장으로 간 뒤에 온몸으로 순환했다.

우리가 도착하기 전부터 계속해서 치유 마법을 걸었던 치유 마술사 덕분에 완치는 아니더라도 현상 유지는 했다.

그러니 늦지 않을 거다!

아니, 늦지 마라!

죽으면 안 돼!

당신은 할머니의 제자이고 할아버지의 학생이며 나한테 자신을 엄마라고 부르라고 한 사람이잖아?!

이런 독 따위에 죽지 마!

필사적인 바람을 담아 독을 정화하는 마법을 계속해서 걸었다.

그렇게 얼마나 흘렀을까.

"오, 오오……."

누군가의 목소리가 흘러나왔다.

뭐지?

나는 독을 정화하는 것으로 벅차 주변이 보이지 않았다.

무슨 일이 있었지?!

그렇게 생각한 순간.

"……?!"

내 머리를 누군가가 쓰다듬었다.

그 손의 주인을 따라가 보니…….

"아, 아……."

거기에는.

"신…… 군…… 와줬구나……?"

힘없이 눈을 뜨고 떨리는 손으로 나를 쓰다듬는 예카테리나 씨의 모습이 있었다.

"예카테리나 씨! 다행이다! 정말로…… 다행이야……."

늦지 않았다!

정말로 아슬아슬했지만 예카테리나의 목숨을 붙들었다!

그렇게 생각하니 자연스럽게 눈물이 흘렀다.

그러자 예카테리나 씨는 그 떨리는 손으로 내 눈물을 닦아주었다.

"어머나…… 신 군은…… 울보구나……."

자신이 더 힘들 텐데 나를 걱정해주는 그 자애로운 목소리는 정말로 어머니인 것 같았다.

그것이 눈물샘을 더 크게 자극해서…….

『우오오오오오!』

엇! 깜짝이야!

"기적이다! 사자님께서 기적을 일으키셨다!"

"그래! 교황님! 무사하셔서! 무사하셔서 다행입니다!"

주위에서 추이를 지켜보던 사람들이 일제히 기뻐한 거구나.

완전히 자신의 세계로 빠져들었던 상태여서 엄청 깜짝 놀랐네.

깜짝 놀라 눈물이 쏙 들어간 나는 목숨을 부지했다지만 소모가 심한 예카테리나 씨의 안정을 위해 주변에 말을 걸었다.

"교황 예하는 상당히 지치셨습니다. 방으로 돌아가 안정을 취해야……."

그때였다.

"이 자식…… 이 자식, 이 자식, 이 자식, 이 자식! 네놈이 신 월포드인가! 네놈 때문에! 네놈 때문에에에에!"

붙잡혔던 남자가 갑자기 소리쳤다.

잠깐! 이 마력은!

"……?! 이런! 그자의 목을 쳐라!"

마력을 증폭시키는 남자를 본 할아버지가 큰소리로 지시를 내렸다.

그 말에 반응한 기사가 교황을 지키지 못했던 오명을 만회하려는 듯이 곧바로 검을 뽑아 위에서 아래로 내리쳤다.

그 검은 남자의 목을 지나 바닥까지 파고들었다.

그런 기세로 검을 휘둘렀으니 남자의 머리가 몸통과 이어져 있을 리가 없다.

다들 멍하니 그 남자의 시신을 바라본 뒤 자연스럽게 그런 지시를 내린 할아버지에게 시선이 모였다.

할아버지는 모두의 시선을 받으며 충격적인 사실을 입에 담았다.

"……위험했군. ……그 녀석은 마인화하려 했다."

그렇다.

방금 그 남자가 뿜어낸 마력.

그것은 카트가 마인화하기 전에 냈던 마력과 비슷했다.

그대로 방치했다간 아마도 마인화했을 것이다.

"마, 마인화?!"

"무슨 그런 무서운 일이……."

"현자님께서 구해주셨군요……."

"신 님은 교황 예하를 구해주시고, 멀린 님은 이번에도 마인을 쓰러뜨렸다니. 정말이지 영웅 일족이군요."

아니…… 숨통을 끊은 건 저 기사 아저씨인데…….

그렇게 생각했지만 어쩐지 주위가 들뜬 분위기라 그런 말을 할 분위기가 아니네…….

"그것보다 빨리 예카테리나를 방으로 옮겨라! 지금부터 반드시 안정을 취해야 한다!"

다양한 위기를 극복한 탓인지 어쩐지 들뜬 듯한 주위 사람들을 할아버지가 다그쳤다.

오늘은 할아버지의 의외인 모습을 본 날이네.

평소의 호호 할아버지와 같은 모습에서는 상상도 할 수 없었다.

할아버지에게 혼난 주변 사람들은 정신을 차리고 다급히 움직이기 시작했다.

"이, 이봐! 서둘러 들것을……."

그러나 나는 그런 주변 사람들을 제지했다.

"아, 괜찮아요. 제가 옮길게요."

"네? 아, 아니요, 사자님께서 그럴 필요는……."

"들것으로 옮기는 것보다 이렇게 하는 편이 부담이 적잖아요."

그렇게 말하며 예카테리나 씨에게 부유 마법을 걸었다.

"어머…… 어머머……."

갑자기 몸이 뜨기 시작한 예카테리나 씨가 눈을 동그랗게 뜨고 놀랐다.

"이대로 방까지 옮길게요. 죄송하지만 유동식을 준비해주시겠어요? 교황 예하께 드려야 해서요."

이제부터 잃어버린 피를 늘리기 위해 혈액을 만들어야 하고 몸의 치료도 완벽하게 해둬야 한다.

그러기 위해서는 영양을 보급할 필요가 있다.

"아, 네! 바로 준비하겠습니다!"

내가 부유 마법으로 예카테리나 씨를 떠올린 것을 멍하니 바라보던 사람들 속에서 정신을 차린 기사 한 명이 다급히 알현실 밖으로 뛰어나갔다.

"그럼 교황 예하, 가시죠."

"후후…… 네…… 부탁해요……."

피가 부족해 괴로워 보이지만 힘겹게 미소로 답해주었다.

이 상태라면 앞으로 조금 더 치료를 이어나가면 괜찮겠지.

예카테리나 씨가 위기에서 벗어나 조금 냉정해진 머리로 그런 생각을 하고 있으니 예카테리나 씨를 치료해주던 치유 마법사가 말을 걸었다.

"사자님께선 대단하시군요. 저는 교황 예하의 목숨을 구해드릴 수 없었습니다……."

상당히 낙담한 모습으로 그런 말을 했다.

나는 그런 치유 마법사의 생각을 고쳐주려 대답했다.

"무슨 말씀이세요? 교황 예하의 목숨을 구한 건 분명 당신 덕분이에요."

"네?"

"교황 예하는 온몸에 독이 퍼졌었어요. 그야말로 언제 돌아가셔도 이상하지 않은 상태였죠."

"그, 그런 상태였습니까……."

예카테리나 씨가 정말로 위험했다고 말하자 치유 마법사는 덜덜 떨었다.

"하지만 교황 예하는 살아나셨어요. 그건 분명 당신이 치유 마법을 계속해서 걸어준 덕분이에요."

"그런…… 그렇지는……."

"그렇다니까요. 당신이 없었더라면 교황 예하의 목숨을 구할 수 없었어요. 정말로 고맙습니다."

이건 분명한 사실이다.

내가 독을 정화하려는 사이에도 계속 치유 마법을 걸어주었다.

그것이 없었더라면 아마 늦어버렸을 것이다.

그러니 자신감을 가졌으면 한다.

"나는 치유 마법은 간단한 상처만 고칠 수 있는 정도니 모르겠다만 신이 그렇게 말했으니 사실이겠지. 고맙구나. 내 인사도 받아다오."

"아! 고개를 들어주세요, 현자님! 그런, 저 같은 사람한테……."

그렇게 말한 치유 마법사는 말을 멈췄다.

예카테리나 씨가 치유 마법사의 손을 잡아주었으니까.

"당신의 치유 마법이 없었더라면 제 목숨도 없었을 거예요…… 고마워요……."

그렇게 말하며 미소 짓는 예카테리나 씨.

"그런…… 그런…… 황공합니다…… 황공하옵니다……."

경애하는 교황 예하의 인사를 받은 치유 마법사는 눈물을 흘리며 황공하다는 말을 반복했다.

그리고 아까 우리가 나왔던 예카테리나 씨의 방에 도착하자 할아버지가 사람들을 내보냈다.

"예카테리나는 아직 완치한 게 아니야. 아직 한동안 치료에 시간을 들여야 하니 다음은 우리에게 맡겨다오."

"네. 알겠습니다. 사자님, 교황 예하를 잘 부탁드립니다."

여기까지 함께 온 치유 마술사가 고개를 깊숙이 숙였다.

"네, 알겠어요. 맡겨주세요."

내가 그렇게 말하고 방에 들어가려 할 때.

"혀, 현자님! 사자님!"

이 방에서 나왔을 때 할아버지를 붙든 기사가 달려와서는…….

그대로 무릎을 꿇었다.

슬라이딩 사죄다!

"아까는 정말로 죄송했습니다! 어떠한 벌이라도 달게 받겠습니다! 정말 죄송했습니다!"

그렇게 말하며 사과했다.

아, 예카테리나 씨를 구하기 위해 온 사람을 붙들었으니 책임을 느꼈던 건가.

확실히 그때는 마음이 급해 살짝 짜증이 났지만 이 기사의 행동은 틀리지 않았다.

어떻게 할까?

"저기, 할아버지. 우리, 사과를 받을 만한 일이 있었어?"

"글쎄다? 직무에 충실한 기사는 봤다만."

"어? 예?"

시치미를 떼는 나와 할아버지에게 무릎을 꿇었던 기사는 고개를 들고 놀랐다.

"아까는 미안했구나. 이 아이가 위험하다 해서 마음이 급했지."

"아니요, 그런……."

"실수했던 건 우리 쪽이야. 용서해주겠나?"

할아버지는 그렇게 말하며 기사에게 고개를 숙였다.

그러자 기사는 아까 할아버지의 험악했던 분위기를 떠올린 듯했다.

무척이나 다급하게 다시 고개를 숙였다.

"아, 아닙니다! 교황 예하를 구해주신 분을 탓할 사람은 없습니다! 이번엔 제가 큰 실수를 저질렀습니다! 그리고 교황 예하를 구해주셔서 진심으로 감사드립니다!"

"허허, 그럼 예카테리나를 치료해야겠구나. 실례하마."

"예!"

할아버지는 그렇게 말하며 우리와 함께 예카테리나 씨의 방으로 들어갔다.

방에 있던 또 하나의 문을 지나자 침실이 나왔고 거기에 예카테리나 씨를 눕혔다.

서둘러 예카테리나 씨를 진단하려 하자…… 어쩐지 쿡쿡 웃는다.

"예카테리나 씨? 왜 그러세요?"

"후후, 우후후. 선생님…… 잘 넘어가셨네요……."

몸은 힘들지만 재밌어서 참을 수 없는지 계속해서 웃는다.

"음. 무슨 말이냐."

"선생님…… 화내셨죠? 안 돼요, 그러다 또…… 스승님께 혼난다고요."

할아버지가 기사에게 화를 낸 것을 예카테리나 씨에게 들켰다.

"……말하지 마라."

"후후…… 어떡할까요……."

"이 녀석이……."

"후후후……."

예카테리나 씨는 할아버지와 그런 대화를 나누며 여유로웠지만, 당장에라도 혈액을 보충해주어야 하는 것은 확실했다.

이야기가 끝나길 기다릴 시간도 아까우니 말하는 예카테리나 씨에게 그대로 골수로 혈액을 만드는 이미지의 치유 마법을 사용했다.

그리고 그 마법을 사용하며 궁금했던 것을 물었다.

"그러고 보니 어떻게 할아버지가 화를 낸 걸 아셨어요?"

"방금 그 기사가 갑자기 나타난 선생님을 붙든 거지? 예전의 선생님이라면 확실하게 화를 낼 상황인걸."

조금이지만 혈액이 돌아오기 시작한 모양이다.

꽤 평범하게 이야기할 수 있을 정도로 돌아왔다.

그나저나…… 예카테리나 씨한테 할아버지의 이미지는 그렇구나…….

"솔직히 할아버지의 그런 모습을 본 적이 없어서 상당히 놀랐어요."

"어머, 그래? 선생님, 신 군 앞에서는 좋은 할아버지셨나 보네요."

이번에도 쿡쿡 웃기 시작한 예카테리나 씨.

아, 할아버지의 관자놀이에 힘줄이…….

"그렇게 건강해졌으니 이제 치료는 충분하겠지. 신, 돌아가자."

"어? 아, 농담, 농담이에요. 선생님, 화내지 마세…… 어, 어라?"

일어나 돌아가려 하는 할아버지를 붙들려 했겠지.

침대에서 상체를 일으키려 한 예카테리나 씨는 팔로 몸을 지탱하지 못하고 그대로 침대에 쓰러졌다.

"정말이지…… 별수 없는 아이로구나. 자, 얌전히 누워있어라."

할아버지는 어쩔 수 없다며 한숨을 쉬며 예카테리나 씨의 몸을 일으켜 침대 위에 똑바로 눕히고는 이불을 덮어주었다.

그러자 예카테리나 씨는 그 이불 끝자락을 끌어 올리고서는 조심스러운 표정으로 할아버지에게 물었다.

"……안 돌아가실 거죠?"

그 말을 들은 할아버지는 미소를 짓고는 예카테리나 씨의 머리를 자상하게 쓰다듬었다.

“그래. 옆에 꼭 붙어있으마.”

“헤헤, 고마워요, 선생님…….”

할아버지가 머리를 쓰다듬자 예카테리나 씨는 기쁜 듯이 웃었다.

뭐랄까, 선생님과 학생이라기보다 아버지와 딸 같은 느낌이네.

……아니, 그 일이 없었으면 부녀지간이나 마찬가지인 시아버지와 며느리였겠지.

흐뭇한 광경이지만 두 사람…… 아니, 할머니도 포함하면 세 사람의 사정을 들은 뒤이니…… 쓸쓸한 광경으로도 보이는구나…….

그런 광경을 바라보며 나는 한동안 멈추지 않고 치유 마법을 걸었다.

그리고 마련된 유동식도 섭취한 예카테리나 씨의 상태가 상당히 좋아져서 침대에 상체를 일으킬 수 있을 정도로 회복했다.

“그나저나 굉장한 치유 마법이네. 찔린 상처도 벌써 나았어. 그 대신 무척 배가 고픈데…….”

예카테리나 씨는 세 번째 식사를 하며 그렇게 중얼거렸다.

“예카테리나 씨의 정상적인 세포를 배양해 치료했으니까

요. 잃어버린 혈액도 재생해야 하니 더 많이 드셔야 해요."

"……세포, 배양?"

아, 나도 모르게 치유 마법의 원리를 이야기해버렸다.

그런 소리를 해도 이해할 수 없을 텐데.

게다가 예카테리나 씨는 할아버지에게 도움을 청했다.

"선생님, 신 군이 하는 말을 모르겠어요……."

"안심해라, 나도 전혀 모르니까."

"서, 선생님도?"

딱 잘라 말한 할아버지에게 예카테리나 씨의 눈이 휘둥그레졌다.

그보다 할아버지, 꼭 그렇게 단언하지 않아도…….

"이 아이의 머릿속은 어떻게 된 건지…… 솔직히 말해 천재라고 할 수밖에 없지."

"……손주바보가 지나친 것 아닌가요?"

"하하하!"

손주바보! 확실히 그럴지도.

"그렇지 않아. 멜리다도 같은 의견이니 말이다."

"스승님도…… 그럼 정말로 그런가 보네요……."

"잠깐! 어째서 내가 말하면 손주바보고 멜리다가 말하면 이해하는 거냐?!"

"네? 스승님이 손주 자랑하는 모습은…… 상상이 안 되지 않나요?"

"음……."

마치 지켜본 것처럼 말하네.

그만큼 할아버지와 할머니를 잘 알고 있겠지.

"하지만 확실히 그러네요. 선생님이 사용하는 게이트 마법도 원래 신 군이 개발했다면서요."

"그리고 통신기도 그렇지. 그게 없었으면 지금쯤 카체의 목숨은 없었을 거다."

"정말로 제가 살아난 많은 요인 모두가 신 군과 관련이 있네요."

예카테리나 씨는 그렇게 말하며 나에게 미소 지어주었다.

이런, 부끄럽다.

"확실히 내가 마법을 멜리다가 마도구 제작을 알려주긴 했지. 그걸 자기 혼자서 여기까지 승화했다. 이걸 천재라 하지 않으면 뭐라고 하겠어?"

"정말 그러네요……."

으음, 부끄러우니까 본인 앞에서 그런 말은 삼가주실래요?

그 이후 한동안 치유 마법을 계속 걸자 예카테리나 씨의 상태가 많이 좋아졌다.

이제야 조금 안심이다.

"그런데 카체. 어째서 이런 일이 벌어진 거냐? 호위 기사는 뭘 했지?"

예카테리나 씨의 몸 상태가 돌아온 뒤 할아버지가 이번

사건에 대해 질문을 시작했다.

그건 나도 신경 쓰였다.

어째서 국가 원수가 이렇게 간단히 습격당할 수 있었던 걸까?

호위가 상당한 얼간이였을까?

그러자 예카테리나 씨는 멋쩍은 듯이 입을 열었다.

“그것에 관해서는…… 완전히 방심했다……고 밖에는…….”

“방심?”

“네. 지난 마인령 공략 작전 때 담 왕국의 지휘관이 폭주했었죠? 그 덕분에 마인을 놓친…….”

“네. 할아버지가 없었더라면 지금쯤 알스하이드가 어떻게 됐을지…….”

할아버지와 할머니가 국경에서 막아주지 않았더라면 지금쯤 알스하이드가 전장이 됐을지도 모른다.

그렇게 생각하면 굉장한 일을 벌여준 거지.

“담 왕국의 사자가 그 사죄를 하고 싶다고 해서 우리는 그 신청을 그대로 받아들였어요. 저도 기사도 담 왕국은 원래 창신교 본부가 있었던 나라여서 제일가는 우호국이라고 생각하는 바람에…….”

아, 그렇구나.

예카테리나 씨는 우호국이라는 표현을 했지만 이스는 담을 속국처럼 여긴다고 들었다.

이스가 상위국이니 성가신 일을 일으킨 속국의 사자를 가벼이 여겼겠지.

그 빈틈을 찔렸다는 건가.

“정말이지…… 한심한 말이구나.”

“……뭐라 반박할 수 없네요.”

지금 예카테리나 씨는 정말로 선생님에게 혼나는 학생 같다.

할아버지에게 혼이나 풀이 죽은 모습이다.

그나저나 담 왕국의 사자가 소리친 말이 신경 쓰이네.

“제가 사자라고 불리는 게 마음에 안 드는 모양이었죠. 담 왕국의 지휘관도 그랬던 모양인데, 담 왕국에서는 그게 일반적인 걸까요?”

내가 스스로 그렇게 말한 것도 아니지만 이렇게까지 부정당하면 풀이 죽네…….

그러나 예카테리나 씨는 내 상상과는 다른 말을 했다.

“아니, 그럴 리가 없어. 신 군을 사자로 인정하는 건 수뇌부 회의에서 정했다고 말했지? 당연히 그 자리에는 담 국왕도 있었어. 그도 두말없이 찬성했는걸.”

“그럼 그 사자에 대해 말한 건?”

“그건…….”

그렇게 말하자 예카테리나는 입을 다물고 말았다.

그 사자를 언급한 것도 신경 쓰이지만 달리 더 크게 신경 쓰이는 점이 있다.

"그리고 마인화하려 했고……."

"그래. 그렇게 간단히 마인화할 것 같지는 않다만."

"전에 카트…… 마법 학원에서 마인화했던 남자 말인데요, 그도 간단히 마물이 됐어요. 하지만 그때는……."

거기까지 말하고서 무언가가 머릿속에 번뜩 떠올랐다.

"설마…… 이번에도 슈투름의 실험에 이용된 건가?"

"……그렇군. 그 카트라는 소년, 마인 우두머리의 인체 실험에 이용됐다고 했었지?"

"이번 사건의 뒤에도 마인이 있다고 한다면……."

그리고 슈투름은 왕도에서 무엇을 하고 있을까?

생물을 마물화하는 실험을 하지 않았는가.

그렇다면 저번 오그가 말한 의문.

마인의 출현과 함께 재해급 마물이 다수 나타났고 다시 보이지 않게 됐다는 것도 거기에 해답이 있지 않을까?

슈투름은 생물을 마물화하는 것에 성공했다.

그다음에 사람을 마물화하고, 그다음은…….

"마물의 강제 진화……."

"뭐라고?"

그렇구나. 그래서 교활함이 부족한 늑대의 재해급이 나타나고, 본 적이 없는 사슴 재해급이 나타나고, 마물화하지 않는다고 여겨졌던 코뿔소가 마물화한 것 아닐까?

그렇다면 슈투름의 실험은 아직 끝나지 않았다는 건가?!

"할아버지…… 난 굉장한 착각을 했을지도 몰라……."

"착각 말이냐?"

"슈투름에게는 진격의 의사가 없을지도 몰라. 하지만 마물에 대한 실험은 그만두지 않았던 건지도 몰라."

"그건……."

할아버지도 부정할 수 없었는지 그 이상 말을 잇지 않았다.

그래서 나는 그 가설을 바로 오그에게 전하려 했다.

이 가설을 아는지 모르는지에 따라 앞으로의 대응이 달라질 테니까.

"예카테리나 씨, 몸은 이제 괜찮으세요?"

"응. 고마워. 많이 좋아졌어."

"체중이 줄었을 테니까 식사 잘하시고 운동도 해주세요. 그럼 원래대로 돌아올 거예요."

"그래? 모처럼 군살이 줄었는데……."

예카테리나 씨는 자신의 배 언저리를 쓰다듬으며 안타까운 듯이 그렇게 말했다.

"어느 정도 살집이 있지 않으면 건강하다고 할 수 없어요. 그것보다 이제 괜찮으시면 돌아가도 될까요?"

"그래, 그건 괜찮은데…… 급한 일이라도 생겼니?"

"네. 돌아가서 오그와 이야기하지 않으면 큰일이……."

거기까지 말했을 때 내 무선 통신기의 벨이 울렸다.

"뭐, 뭐니? 무슨 소리?"

"아, 죄송해요."

갑자기 울린 벨 소리에 예카테리나 씨가 놀랐기에 사과를 한 뒤 전화를 받았다.

"여보세요? 누구? 아, 오그구나."

"어? 무, 무선?!"

아, 예카테리나 씨한테는 아직 말하지 않았구나.

뒤에서 놀란 모양이지만 마침 오그에게 할 말이 있었으니 좋은 타이밍이다.

"마침 잘 됐다. 할 얘기가 있어."

『그건 나중에 해라! 지금 바로 도우러 와줘!』

"응? 도와줘?"

그렇게 물은 뒤 통신기 너머로 커다란 폭발음이 울렸다.

"야! 무슨 일이 일어난 거야?!"

『마인이다! 마인이 나타났다!』

"마인이라고?!"

어째서 지금…… 그리고…….

"도와달라는 게 무슨 말이야?! 마인이라면 지금까지 몇 번이고 물리쳤잖아?!"

『지금까지와는 달라! 이 마인들은…….』

그 후 오그는 충격적인 말을 했다.

『지금까지 나타난 마인과 비교할 수 없을 정도로 강하다!』

제6장 계속되는 불길한 소식

예카테리나 교황이 습격을 받기 며칠 전.

마인령에 있는 구 제도에서는 슈투름이 첩보 부대의 우두머리인 제스트와 이야기했다.

"아무래도 이것저것 움직인 모양이군요."

"송구합니다. 슈투름 님의 행동 지침에 도움이 되지는 않을까 부족하게나마 고민한 따름입니다."

"흠, 그렇군요. 하지만 그것도 이제 끝내는 게 좋을지도 모르겠군요."

"그 말씀은?"

"밀리아 씨의 실험 성과가 나왔습니다."

"그, 그건……."

그 말을 들은 제스트는 긴장했다.

밀리아는 슈투름의 과거를 들은 후 어떤 실험을 제안했는데 그 실험의 결과는 그들 마인의 미래를 결정할지도 모르는 상당히 중요한 것이기 때문이다.

실험의 제1단계는 성공했다.

남은 것은 그 결과를 기다리는 것뿐이었는데 드디어 그

결과가 나왔다고 한다.

"결과는……."

제스트는 그 뒷이야기를 숨죽이고 기다렸다.

◆

디세움에게서 긴급 연락이 들어와 신이 마린과 함께 이스로 갔을 때, 신을 보낸 아우구스트 일행은 침통한 표정으로 마주하고 있었다.

"신 님…… 늦지는 않겠소이까?"

토르의 걱정스러운 말이 모두의 속마음을 대변해주었다.

"그 녀석이라면…… 목숨만 무사하다면 어떻게든 할 것 같다만…… 늦지 않을지가 문제겠지."

이곳에 있는 모두는 신을 무척이나 신뢰해서 그라면 죽은 사람이 아니라면 치료할 수 있을 거라고 믿어 의심치 않았다.

그러나 죽는다면 끝이다. 아무리 신이라도 죽은 사람을 되살릴 수는 없다.

그러니까 죽지 말라는 말을 자주 했었다.

죽지만 않으면 어떻게든 해주겠다는 말도.

그리고 이곳에 있는 모두가 정도는 달라도 창신교 교도이다.

그렇기에 어떻게든 생명이 다하기 전에 도착하기를 간절히 원했다.

그런 때였다.

아우구스트의 무선 통신기의 벨이 다시 울렸다.

"여보세요! 신이야?! 무슨 일이야?!"

방금 게이트로 이스에 간 참인데 벌써 연락했다면…… 최악의 사태를 떠올린 아우구스트는 통신기에 대고 소리치고 말았다.

『미안하구나, 아우구스트. 신 군이 아니야.』

"……아, 아바마마셨군요. 소리쳐서 죄송합니다."

『아니, 괜찮다. 예카테리나를 걱정해서 그러는 걸 테니 신경 쓰지 마라. 그보다 곤란한 사태가 벌어졌다.』

대국 알스하이드 왕국의 국왕이 말하는 곤란한 사태.

그 말에 아우구스트의 등줄기에 서늘함이 감돌았다.

"곤란한 상황이라니 무슨 일입니까?!"

『미안하지만 서둘러 최전선으로 가다오.』

"최전선으로?"

아버지 디세움의 갑작스러운 의뢰에 아우구스트는 고개를 갸웃했다.

그러나 그다음 디세움이 한 말로 경악하게 됐다.

『그래, 최전선에서…… 재해급 마물이 다수 나타났다!』

"엇?! 재해급이?!"

마인의 수가 준 것에 비례하듯 수가 줄었다고 생각된 재해급이 나타났다.

그런 디세움의 말에 역시 무언가 놓친 점이 있었던 것이 아닐까 이를 간 아우구스트.

그러나 지금 실제로 재해급이 나타났다.

놓친 점을 후회할 여유는 없었다.

"알겠습니다! 서둘러 가겠습니다!"

『부탁하마! 게이트로 마차째 가까운 곳까지 이동해 거기서 전속력으로 최전선으로 가다오! 마크 빈은 거기에 있나?!』

"빈! 아버지께서 지명하신다!

"저, 저 말임까?!"

"긴급 사태다! 빨리 받아!"

"으, 예! 마마마, 마크 빈입니다!"

국왕이 지명하고 왕태자의 질타를 받는 일반이라면 졸도할 법한 상황에 여러모로 익숙해졌던 마크도 뻣뻣하게 이상한 말투로 통신기를 받았다.

『마크! 빈 공방에서 그 마차를 만들지 않았나?!』

디세움은 빈 공방이 시장의 혼란을 피하고자 마차의 부품만 제조할 뿐, 판매하지 않는다는 사실을 알고 있었다.

그러나 디세움은 어떤 확신이 있었다.

"네! 월포드 군의 의뢰로 커다란 것을 제작했습니다!"

『역시 그랬군. 알스하이드 국왕 디세움의 이름으로 명하노라! 그 마차를 사용해 얼티밋 매지션즈를 최전선으로 보낸다! 신 군에게는 내가 이야기해두마! 알겠나!』

디세움은 신이라면 자신이 개발한 기술을 사용해 자신이 사용할 마차를 만들지 않았을 리가 없다고 확신했다.

그래서 신의 마차를 사용할 것을 미리 상정해 두고 지시를 내렸다.

"아, 알겠습니다!"

『좋아! 그럼 가라!』

"네, 넵!"

디세움의 통신이 끊겼다.

"저, 전하!"

"아바마마의 목소리는 들렸다! 바로 공방으로 간다!"

"알겠습니다!"

공방이 집이기도 한 마크가 게이트를 열자 모두가 공방으로 갔다.

그 공방 안에는 완성된 지 얼마 안 되는 마차 한 대가 놓여 있었다.

"아빠!"

마차 쪽에 있던 공방주, 마크의 아버지를 큰 목소리로 불렀다.

"뭐냐, 이 바보 녀석! 공방에서는 스승님이라고 부르라고 했을 텐데!"

"그럴 때가 아니라고! 월포드 군의 마차, 바로 나갈 수 있어?!"

"뭐? 그래. 이미 언제든지 납품할 수 있는 상태지."

"칙명이야! 그 마차를 사용할게!"

"치, 칙명?!"

신의 발주로 빈 공방에서 처음부터 끝까지 제작한 마차.

다른 사람에게 팔지 않고 자신만 사용하는 것은 문제가 없을 것이라며 신이 자중하지 않고 다양한 기능을 가득 담아 만든 물건이다.

부유 마법이나 게이트를 사용하는 신이 어째서 마차를? 하고 묻는다면 단순하게 이동도 여행의 일부이자 묘미라는 고집 때문이라고 대답이 돌아올 것이다.

그리고 남자는 최신식이라는 말에 약하다는 이유도 빠뜨릴 수 없다.

그렇게 자중하지 않은 마차를 칙명으로 사용한다고 한다.

그 칙명이라는 너무나도 무거운 말에 빈 공방의 주인 해롤드는 경악했다.

"미안하지만 설명할 여유가 없다! 신에게는 나중에 내가 사정을 이야기하지! 말은?!"

놀란 해롤드에게 아우구스트가 말을 준비하도록 말했다.

"아, 예! 우리 말이라도 괜찮으시다면……."

이 공방에는 만든 물건을 납품하기 위한 마차가 있으며 특별히 발이 빠른 것은 아니지만 말도 있었다.

참고로 이 말은 신의 마차를 테스트했던 말이기도 하다.

"그거면 된다! 회복용 마구를 모조리 달아다오! 서둘러!"

“예, 예이! 이놈들아! 서둘러서 마구를 달아라!”

『예!』

서두르라는 아우구스트의 명령으로 공방 기술자들의 손으로 순식간에 마구가 부착되어 출발 준비가 끝났다.

“무리한 부탁을 해서 미안하군! 빈, 부탁하마! 다들 타라! 당장 출발한다!”

『네!』

이 마차의 조작에 익숙할 마크를 마부석에 앉히고 남은 인원은 객차에 타도록 지시한 아우구스트.

그리고 마인령에서 간 적이 있고 방향도 아는 최전선.

알스하이드 군과 각국의 연합군이 합동으로 재해급을 상대했던 지점까지 게이트를 열었다.

“빈, 가라!”

“알겠습니다!”

마크는 아우구스트의 호령이 떨어지자 곧바로 게이트를 향해 마차를 몰았다.

빈 공방의 기술자들은 갑자기 나타나서 순식간에 떠나가는 아우구스트 일행을 멍하니 바라보았다.

“얼티밋 매지션즈 전원이 출동한다고? 그것도 저렇게나 서둘러서…… 대체 무슨 일이 일어난 거야…….”

해롤드의 말은 이곳에 있는 모두의 공통된 생각이었다.

그리고 저 무적의 집단이 저렇게까지 서두르는 사태가 일어난 것인가 생각하니 무척이나 불안해졌다.

게이트를 빠져나온 마차는 감시망이 설치된 최전선을 향해 달렸다.

"창문으로 얼굴을 내밀지 마세요! 위험합다!"

마부석에서 회복용 마구와 『회전』이 부여된 베어링에 마력을 보내며 말을 모는 마크가 뒤의 객차를 향해 주의를 주었다.

"와, 이게 진짜 마차야?"

"창밖 풍경이 여태껏 본 적 없는 속도로 지나가는구려."

"그런 것치고는 흔들리지는 않는군요."

"이게 신이 개발한 마차…… 그 녀석…… 또 말도 안 되는 물건을 만들다니……."

이 마차는 기존 것과는 비교도 할 수 없는 속도로 달렸다.

마리아가 놀라자 율리우스는 흘러가는 경치를 멍하니 바라봤고 토르는 그런 것치고는 흔들림이 적은 것을 의아해했다.

그리고 아우구스트는 또 굉장한 물건을 만든 신에게 황당함 때문인지 분노 때문인지 알 수 없는 한숨을 쉬었다.

"그래도 신 군이 만든 마차 덕분에 빠르게 현장에 도착할 것 같네요."

시실리가 약혼자인 신을 옹호했다.

그리고 실제로 그 말이 맞았다.

“확실히 이번만큼은 신 덕분이라고 할 수 있을지도 모르겠지만, 아무리 그래도 이건…….”

아우구스트는 그렇게 말하며 마차 안을 둘러보았다.

거기에 있는 것은.

항상 차가움을 유지하는 냉장고.

상시 불빛이 들어오는 조명.

쾌적한 온도를 유지하는 실내.

그리고 푹신푹신한 좌석까지.

대체 얼마나 많은 기술을 이 마차에 쏟아부었을까?

아무리 판매하지 않는다지만 이렇게까지 자중하지 않는구나 싶었던 아우구스트는 기가 막혔다.

“하아…… 뭐, 현장에 도착할 때까지 체력을 소모하지 않으니 그냥 넘어갈까.”

평소라면 신에게 더 자중하라고 외칠 테지만 이번엔 눈감아주기로 했다.

그것은 이번이 긴급 사태라는 점.

이 마차 덕분에 완벽한 상태로 현장에 도착할 수 있다는 점.

그리고…….

“하지만 신 군은 실망하겠네요. 이 마차가 완성되기를 기대했었는걸요.”

시실리가 걱정스러운 듯이 말하자 아우구스트는 쓴웃음 지었다.

신이 특별하게 만든 마차에 신이 아닌 자신들이 제일 먼저 탑승했다는 것에 미안한 마음도 들어서 너무 강하게 말하지는 말자고 생각했다.

그런데 객실 안에 있는 아우구스트 일행은 체력을 소모하지 않았지만 마부석에 앉은 마크는 어떨까?

사실 호화롭고 쾌적한 객차만이 아니라 고속으로 달리는 마부석에도 배려해두었다.

자동차와 다르게 마차의 마부석은 밖으로 드러나 있다.

고속으로 달리면 몸에 상당히 강한 바람을 계속해서 맞는다.

인간의 몸은 강한 바람을 계속 맞으면 의외로 체력을 소모하게 된다.

따라서 마부석 주변에 바람 마법이 기동해 마부의 체력이 소모되지 않도록 조치되어 있다.

이것도 당연히 마석으로 마력이 상시 공급됐다.

시속 60킬로미터가량의 속도로 끊임없이 달리는 마차.

보통 말이 마차를 끌고 이 속도로 달릴 수도 없지만 이 마차에는 파워 어시스트가 달렸다.

게다가 상시 체력이 회복되는 마도구인 마구를 달아두어 이 세계의 상식…… 아니, 신의 전생에서도 생각할 수 없을 정도의 속도로 계속해서 달리는 마차.

그 실내에서는 커튼으로 구역이 나뉘어 있어 마크 이외의 모두가 전투복으로 갈아입었다.

그렇게 몇십 분을 달리자 목표 지점인 최전선이 보이기 시작했다.

"전하! 보이기 시작했습니다!"

"좋아! 전원 전투 준비다! 빈은 마차를 세우면 옷을 갈아입고 마차를 이공간 수납에 넣은 뒤 따라와라!"

"저기, 말은?"

"미안하지만 거기까지 신경 쓸 수는 없다! 내버려 뒀다가 무사하다면 데리고 돌아간다. 도망치거나 전투에 휘말린 경우에는…… 나중에 왕가가 보상할 테니 포기해다오!"

"……알겠습니다!"

"……미안하다. 너희 집 말이니 애착도 있겠지만……."

"아니요. 긴급 사태니까요. 그걸 위한 희생이라면 바라는 바입니다."

"미안하군…… 너희도 인간의 이기적인 형편에 휘말리게 해서 미안하다……."

신이 만든 마차는 이공간 수납에 넣을 수 있지만 생물은 그럴 수 없다.

아우구스트는 자신의 사정으로 죽을 수도 있는 말에게, 그리고 마크에게 사과했다.

"전하…… 황송합니다……."

"아니, 우리가 이 말에게 피해가 가지 않도록 지켜주면 돼. 그것보다 이제 곧 도착이다!"

최전선이 눈앞으로 다가왔다.

아우구스트의 말에 모두가 마차 지붕으로 올랐다.

"제트 부츠 기동! 간다!"

『예!』

"저도 바로 따라가겠습니다!"

마크를 제외한 모두가 지금 막 『재해급 마물 무리』라는 전대미문의 상대와 교전하는 전선의 병사들에게로 제트 부츠를 이용해 문자 그대로 날아갔다.

그리고 마차를 세우고 객실 안에서 전투복으로 갈아입은 마크는 말을 마차에서 떼어놓은 뒤 마차를 이공간 수납에 넣었다.

그리고…….

"얘들아, 살아남아라."

그렇게 말하고는 말의 엉덩이를 때렸다.

그 자극으로 말들이 달렸다.

"……나중에 데리러 갈게."

마크는 그렇게 말하고는 자신도 제트 부츠를 기동해 전장으로 떠났다.

◆

아우구스트 일행이 도착하기 얼마 전의 최전선.

알스하이드 군이 진을 친 곳에 망루가 설치되어 있었다.

거기서 멀리 내다볼 수 있는 마법이 부여된 망원경을 들여다보던 병사들이 있었다.

"오늘도 마도에 이상 없음……."

마인령에 있는 마인들에게 점령된 구 제도.

병사들 사이에서는 『마도』라고 불리는 것이 일반적이었다.

이 감시망이 깔린 최전선에서는 그 마도를 육안으로 볼 수 없었다.

멀리 볼 수 있는 마법이 부여된 마도구를 사용해야 간신히 볼 수 있는 위치에 감시망을 설치했다.

이것이 슈투름 일행을 자극하지 않고 감시할 수 있는 최선책이라는 결론이 나와 이런 위치에서 감시하게 됐다.

며칠 전에 이 위치까지 진군해 각 국군과 연락해 드디어 전군이 이 위치에 진을 배치할 수 있었다.

이것으로 감시망이 완성.

이제는 마도를 감시하며 이상이 있으면 통신기로 연락하는 것뿐이다.

연락을 받은 얼티밋 매지션즈가 빨리 올 수 있도록 나중에 본인들이 직접 이곳을 찾아올 필요가 있지만, 바로 그런 사태가 벌어지지 않으리라는 근거 없는 생각이 병사들 사이에 만연했다.

그러나 그것도 무리가 아닐지도 모른다.

각국을 습격한 마인들을 토벌한 뒤로는 재해급 마물도 나타나지 않아 무척이나 순조롭게 여기까지 진군할 수 있었다.

작전이 순조롭게 진행됨에 따라 처음의 긴장감은 옅어졌고 병사들은 이 작전이 문제없이 끝날 거라는 생각을 품게 됐다.

그런 낙관적인 생각으로 망원경을 들여다본 병사 한 명이 어떤 사실을 발견했다.

"응? 마도의 성벽 문이 열렸는데?"

"뭐?"

감시를 맡은 병사 한 명이 그렇게 말하자, 그것을 들은 다른 병사도 망원경을 보며 상황을 확인했다.

"정말이네…… 아까까지는 닫혀 있었지?"

"그래. 이게 무슨……."

거기까지 말한 병사는 숨을 죽였다.

그 이유는.

문 안쪽에서 마물의 대군이 나타났기 때문이다.

"마, 마, 마물 대군이……."

병사는 눈을 의심했다.

그것은 바로 나타난 마물들이…….

"어라? 내 눈이 이상해졌나? 전부 재해급 정도로 큰 것처럼 보이는데……."

"아니…… 내 눈에도 그렇게 보여……."

재해급뿐이었기 때문이다.

둘이서 같은 의견임을 확신한 정찰 병사는 망루 아래에 있는 병사를 향해 소리쳤다.

“재해급 마물이 마도에서 다수 출현! 서둘러 전군에 전해라! 긴급 사태다!”

망루 아래에서 대기하던 병사는 그 말을 듣고 잠시 멍해졌지만 퍼뜩 정신을 차리고 통신기가 있는 천막을 향해 달렸다.

그리고 마도에서 재해급 마물이 다수 나타났다는 사실이 각국으로 보고되었고 그것이 디세움을 경유해 아우구스트에게도 전해졌다.

“제길! 전하 일행은 아직 여길 온 적이 없어! 증원이 늦을 거다!”

연락은 했지만 알스하이드 왕도에 있는 얼티밋 매지션즈가 이곳에 도착할 때까지 얼마나 걸릴 것인가.

재해급 마물도 한 마리라면 어떻게든 토벌할 수 있게 됐지만 마도에서 나온 재해급 마물은 수십 마리였다.

솔직히 긴급 사태라기보다 이상 사태였다.

과연 이 마물의 진군을 막을 수 있을까.

아니, 그것보다도 살아남을 수는 있을까.

병사들은 절망적인 심정으로 전투태세를 갖추기 시작했다.

그리고 긴급 사태를 보고한 뒤 몇십 분 후, 마도에서 이곳까지 거리로 인해 바로는 도착하지 않았던 마물들이 드디어 시야에 들어왔다.

"저, 저게 뭐야……."

흙 마법으로 구축한 방벽 앞에 자리한 병사들은 마물 무리를 보고서 말문이 막혔다.

거기에는 호랑이와 사자, 곰처럼 일반적인 재해급 마물은 물론 재해급이 잘 안 되는 늑대와 저번에 처음 보고된 사슴, 믿을 수 없을 정도로 커다란 멧돼지와 코뿔소, 원래부터 커다란 코끼리까지 재해급이 되어 밀려들고 있었다.

"하하…… 이게 무슨……?"

"바보 자식! 정신줄 놓고 있을 때야?! 마법사단! 전력으로 마법을 쏴라! 기사단은 죽을 각오로 돌진하라!"

『우오오오오오!』

너무나도 현실감이 없는 절망적인 광경에 병사들은 반쯤 자포자기 심정으로 외쳤다.

"쏴라아아!"

시령관의 호령으로 일제히 쏘아진 마법사단의 마법.

이 반년 이상 행군하는 사이에도 마력 제어 훈련을 게을리하지 않았던 마법사단은 전과는 비교할 수 없을 정도로 빠르고 강력한 마법을 발사했다.

그리고 그 마법이 마물 무리에게 떨어져 커다란 폭발이 일어났다.

그러나 상대는 재해급이다.

이 정도로 처리할 수 있다고는 병사들 중 누구도 생각하지 않았다.

“기사단! 제트 부츠 기동!”

마법 착탄으로 생긴 연기가 걷힐 무렵, 이번에는 기사단이 앞으로 나섰다.

그리고.

“돌격!”

기사단이 제트 부츠를 기동해 연기가 걷힌 곳에 있는 마물들을 향해 달려들었다.

그곳에는 쓰러뜨리지는 못했다지만 위력이 오른 마법의 선제공격으로 대미지를 입은 마물들이 있었고 기사들은 그 마물을 공격했다.

“한곳에 오래 머물지 마라! 어느 정도 공격했다면 이탈해!”

철저하게 치고 빠진다는 마음가짐으로 공격한 뒤에 이탈했고 그 틈에 마법사단의 마법이 날아들기가 반복됐다.

하지만.

“젠장! 뭐가 이렇게 많아!”

수가 정상이 아니었다.

게다가 재해급은 애초에 큰 몸이 거대화한 마물들뿐이다.

쓰러뜨린 거대한 마물의 피와 살점.

그것을 짓밟고 새로이 나타나는 거대한 마물.

마치 지옥과도 같은 풍경이었다.

병사들은 기사단과 마법사단의 연계로 간신히 전선을 유지했지만 서서히 마물들에게 밀려났다.

지금까지 거의 발생하지 않았던 전사자가 순식간에 늘어났다.

“제길! 제길! 거의 끝이었는데!”

붕괴되어가는 전선을 분한 얼굴로 바라보며 자신의 죽음도 각오한 병사들이 소리쳤다.

왜 이렇게 타이밍이 나쁠까.

감시망이 완성했다지만 이곳에 얼티밋 매지션즈가 없으면 아무 소용없다.

설마 준비를 갖추기 전에 이런 사태가 벌어질 줄은 꿈에도 몰랐다.

이렇게 된 이상 한 마리라도 많은 마물을 길동무로 삼지 않으면 분이 풀리지 않는다.

그런 결사의 각오를 한 순간.

순간 눈앞이 새하얘졌다.

그리고 거대한 번개가 굉음과 함께 마물들을 공격했다.

갑작스럽게 시야를 빼앗긴 병사들의 눈이 원래대로 돌아오고서 처음으로 들어온 장면은.

방금까지 자신들을 공격하려던 마물이 검게 타올라 쓰러

진 광경이었다.

거대한 번개.

일격에 재해급 마물을 쓰러뜨리는 위력.

이런 비상식적인 마법을 사용할 수 있는 것은 그 사람밖에 없다고 생각한 병사들은 기대를 품고 뒤를 돌아보았다.

그곳에 있는 것은.

"병사들이여, 기다리게 해서 미안하다! 이제는 우리에게 맡겨라!"

온몸에 번개를 두르고 진에 설치된 방벽 위에 선 왕태자 아우구스트와 얼티밋 매지션즈였다.

그 이전까지 알스하이드 병사들은 절망했었다.

재해급 마물 무리라는 전대미문의 상대에게 이기는 것과 살아남는 것을 포기하려 했었다.

그렇게 죽음을 각오한 그들 앞에 구원의 손길이 내려왔다.

그것은 『뇌신』이라는 별명을 자랑하는, 그들이 경애하는 왕태자 아우구스트 폰 알스하이드였다.

아우구스트가 사용한 공격에 잠시 시야를 빼앗긴 병사들이 많았지만, 그야말로 하늘의 분노라 할 수 있는 번개로 주변 마물을 모조리 태워버린 덕분에 병사들에게 새로운 피해자가 나오지는 않았다.

부하의 생명을 구한 왕태자.

갑자기 떨어진 번개에 지금도 눈이 따끔하지만 그들의 충성심은 천정부지로 치솟았다.

그리고 그 충성심을 한 몸에 받은 아우구스트는 눈 앞에 펼쳐진 광경에 어금니를 꽉 깨물었다.

"이놈들…… 우리 국민을 잘도……!"

그렇게 작게 중얼거리고서는.

"들어라! 우리나라의 용감한 병사들이여! 우리가 왔으니 마물들의 미래는 정해진 것이나 마찬가지!"

그렇게 소리친 아우구스트는 병사들을 둘러다 보고서 말을 이었다.

"왜냐하면 지금부터 우리가 모조리 토벌할 것이기 때문이다!"

그런 아우수스트의 말을 들은 얼티밋 매지션즈의 멤버는 마력을 모으기 시작했다.

"기사들은 잠시 물러나라!"

그 말을 듣고서 제트 부츠를 기동해 순식간에 뒤로 물러난 기사들.

전선에 아무도 없는 것을 확인한 뒤.

"쏴라!"

남은 마물들을 향해 일제히 마법을 발사한 얼티밋 매지션즈.

아우구스트와 지금 이리로 오는 도중인 마크를 제외한 아홉 명이 일제히 마법을 발사하자 그 위력은 그야말로 천변지이.

너무나도 강한 위력에 지금까지 몇 번이고 얼티밋 매지션즈의 마법을 본 적 있는 알스하이드 왕국 병사들의 입이 떡 벌어지고 말았다.

그러나 그것으로도 토벌한 재해급 마물은 열 몇 마리 정도.

아직 마물이 남았다.

그것을 본 아우구스트는 계속해서 말했다.

"병사들이여! 힘을 내라! 우리가 함께 있다! 반드시…… 반드시 살아 돌아가자!"

『오오오오오오오!』

살아 돌아간다.

방금까지 포기하던 그것을 아우구스트가 떠올려주었다.

활력이 돌아온 기사들은 마물을 향해 다시 검을 들었고.

"마법사단! 전원, 쏴라!"

그 호령과 함께 얼티밋 매지션즈보다 압도적으로 수가 많은 마법사단에서 수많은 마법이 쏘아졌다.

"기사단, 돌격!"

기사단원들도 질세라 제트 부츠를 기동해 다시 마물들을 향해 돌격했다.

"우리도 가자!"

"마물은 섬멸."

의욕이 충만한 앨리스와 린을 필두로 얼티밋 매지션즈도 저마다 전투에 참가했다.

싸우는 순서는 처음과 같았지만 그들이 있는 것만으로 알스하이드 군이 불리해지는 일은 없었다.

마법사단이 마법을 집중포화로 발사하면 그곳으로 기사단이 향해 추격타를 먹인다.

위험해질 것 같으면 앨리스 일행이 엄호.

전황이 자신들에게 유리하게 기울었다고 판단한 아우구스트는 다음 지령을 내렸다.

"클로드!"

"네!"

단 한 명, 마물 토벌에 나서지 않고 아우구스트 곁에 있던 시실리.

그녀는 자신의 역할을 이해하고 있었다.

"너는 부상병들을 치료해줘! 부탁한다! 이 이상 누구도 죽게 내버려 두지 말아줘!"

알스하이드 왕국의 왕족에게 백성이란 귀족과 평민을 가리지 않고 보물이자 재산이다.

병사들도 모두 똑같이 보물이다.

그것을 마물의 습격으로 이 이상 잃게 되는 상황을 아우구스트는 견딜 수 없었다.

그래서 시실리에게 중상을 입은 병사의 치료를 고개를 숙여 의뢰했다.

"전하…… 알겠습니다! 맡겨주세요!"

평소라면 고개를 들라고 말했겠지만 지금은 그럴 시간조

차 아깝다.

시실리는 부상당한 병사들이 옮겨진 구역을 향해 달렸다.

떠나는 시실리를 확인한 아우구스트는 주둔하고 있던 사령관을 불렀다.

"상황 설명을. 저 마물들은 각국의 주둔군 쪽에도 나타났나? 아니면 우리나라 쪽에만 나타났나?"

"네! 그 점에 대해서는 확인해두었습니다. 다른 나라 쪽에는 나타나지 않았습니다. 우리 쪽뿐입니다."

"그렇군."

"네. 그리고 우리의 연락을 받은 각국이 증원을 보낸 참입니다."

"고마운 일이군. 이 마물들을 토벌할 수 있다면 우리의 인연은 더 깊어지겠지."

"동감입니다."

마물만 토벌할 수 있다면 각국과의 친분은 더 굳건해진다.

아우구스트는 그러기 위해서라도 이대로 별일 없이 마물 토벌이 끝나기를 간절히 원했다.

그리고 그 아우구스트의 명을 받고 임시 구호소에 도착한 시실리는 상주하는 치유 마법사에게 말을 걸었다.

"중환자부터 데려와 주세요!"

아까까지 살기를 포기한 격전이 벌어졌었다.

다친 사람의 수도 상당했다.

"성녀님! 저, 저를, 저를 치료해주세요!"

"이 자식! 성녀님께서 중환자가 먼저라고 말씀하셨잖아!"

이 주둔 부대에도 치유 마법사는 있다.

그러나 신의 곁에서 생물의 구조와 육체를 구성한 세포 등의 강의를 받고서 교회가 운영하는 치료원에서 실천한 치유 마법의 천재, 성녀 시실리의 이름을 모르는 사람은 알스하이드 왕국에는 존재하지 않는다.

그런 시실리가 치유 마법을 걸어준다고 한다. 중환자부터라는 말을 무시하고서 다친 사람들이 쇄도하기 시작했다.

"저, 저기! 이야기를 들어주세요!"

시실리는 어떻게든 중환자를 먼저 데려다 달라고 필사적으로 말했지만 전투와 부상으로 흥분한 병사들의 귀에는 들어오지 않았다.

이대로는 아우구스트가 맡긴 임무를 수행할 수 없다.

그렇게 생각했을 때.

그들의 머리 위에서 아주 작은, 그러나 무시할 수 없는 규모의 마법이 폭발했다.

그 소리에 놀란 부상병들의 움직임이 잠시 멈췄다.

"너희들! 내 동생을 곤란하게 하다니 배짱 한 번 좋다?!"

"후후후…… 곤란한 사람한테는 벌이 필요하려나?"

"언니! 무사했군요!"

움직임을 멈춘 순간을 노려 부상병들을 진정시킨 것은 시실리의 언니인 세실리아와 실비아였다.

시실리의 말을 듣지 않고 앞다퉈 치료를 요구하던 병사들에게 상당히 화가 났는지 무서운 얼굴이었다.

"시실리가 말했잖아! 혼자서는 움직일 수 없는 중증 환자부터 데려와!"

"만약 마음에 들지 않는다면 내가 중환자로 만들어드릴 수도 있어요."

"어, 언니……."

마법사단으로 종군하며 이번 주둔군에도 참가했던 세실리아가 병사들을 질타했다.

실비아는 무언가 불온한 말을 중얼거렸다.

그러자 세실리아의 질타가 통했는지, 아니면 실비아의 협박이 통했는지 병사들은 다급히 중환자를 찾기 시작했다.

그리고 의식이 없고 얼핏 보기에도 심각한 병사들이 운반됐다.

"이건……."

운반된 병사를 본 세실리아는 말문이 막혔다.

팔뼈가 부러지고 그 뼈가 피부 밖으로 돌출됐으며 내장도 일부 나와 있다.

솔직히 구할 수 있을 것 같지 않다.

그만한 부상이었다.

그리고 그것을 지금부터 시실리가 치료하려 했다.

실패할 가능성이 컸다.

그렇게 되면 시실리라면 자신 탓이라며 낙담할지도 모른다.

그렇게 걱정한 세실리아와 실비아는 시실리아에게 말을 건넸다.

"시실리, 저기……."

"구할 수 없다 해도 이상한 일이 아니야. 그러니까 무리해서 치료하지 않아도……."

"세실리아 언니, 실비아 언니."

시실리는 두 언니의 말을 가로막았다.

"걱정해주시는 건 알아요. 하지만 괜찮아요. 저는 신 군에게 잔뜩 훈련받았으니까요."

"어?"

아무리 치유 마법이 특기인 자라 해도 다친 사람을 보는 것은 쉽게 익숙해지지 않는 법이다.

세실리아와 실비아는 시실리가 심각한 부상을 당한 병사 앞에서 태연하게 이야기하는 것과 이 참상을 보고도 주눅 들지 않는 것에 놀랐다.

그리고 시실리는 바로 병사의 치료를 시작했다.

우선 제일 위험한 찢어진 복부와 내장부터 시작했다.

소독하며 창자를 복원해 복강 안에 넣는다.

그리고 내장에 열상이 없는지 확인한 뒤 복부의 상처를 막는다.

골절된 팔은 신이라면 억지로 신경 전달을 끊는 강제 마취를 하겠지만 시실리는 그 정도까지는 할 수 없었다.

그러나 시실리의 치료는 통증을 거의 동반하지 않았다.

사실 시실리가 사용하는 치유 마법은 두 가지 특성이 있다.

하나는 신이 전수해준 의학 지식을 바탕으로 한 육체의 재생.

그리고 다른 하나.

본디 치유 마법이란 자애의 정신으로 상대를 치유하고 싶다는 마음이 강하면 발동하는 마법이다.

신의 방식으로 치유 마법을 발동하면서도 환자를 돕고 싶은 시실리의 자애로운 마음이 치유 시 통증을 줄여주는 부차적인 효과를 가져왔다.

점점 상처가 치유되는 병사.

그리고 그 모습을 주변 사람들은 경악한 눈으로 지켜보았다.

"……후우, 끝났어요! 상처는 나았지만 흘린 피까지 재생된 건 아니니 후방에서 안정을 취하게 해주세요!"

"앗, 네! 알겠습니다!"

첫 번째 치료가 끝났다고 알린 시실리에게 삼십 대 정도의 병사가 존경의 시선을 보내며 대답하고서 치료가 끝난 병사를 들것에 옮겨 다른 병사와 함께 옮겼다.

"다음 분! 오세요!"

"시, 시실리?"

“왜 그러세요, 세실리아 언니.”

너무나도 당황스러웠던 세실리아는 시실리에게 지금 한 치료에 관해 물어보기로 했다.

“그게 뭐였어? 그런 치유 마법은 본 적이 없어…….”

“네? 아. 그건 신 군에게 배운 치유 마법이니까요.”

“신 군이?”

다음 환자를 치료하며 시실리가 간결하게 답했다.

세실리아는 조금 더 듣고 싶었지만 시실리는 그 설명이 아닌 설명이면 충분할 거라고 생각했는지 그 이상 말을 잇지 않았다.

“……어? 그것뿐?”

“네? 신 군이 마법을 개발…… 그것만으로 종전의 마법과는 다른 굉장한 마법이라는 걸 알 수 있잖아요.”

“아, 그렇게 생각해야 하는구나…….”

세실리아는 의외였다.

시실리와 신의 애정 어린 관계는 익히 알고 있다.

본가로 돌아왔을 때 남들 시선도 아랑곳하지 않는 광경에 정말로 설탕을 토할 것만 같았다.

그래서 시실리는 신에 대해서는 무조건으로 받아들인다고 생각했다.

이것도 무조건은 무조건이지만 아무래도 의미는 다른 듯하다.

세실리아가 생각에 잠긴 사이에 환자의 치료를 마치고 다른 병사가 운반했다.

그리고 다음 환자가 오는 동안 시실리는 방금 했던 설명의 뒷부분을 말했다.

“신 군은 마법을 생각하는 방식이 일반적인 사람과 조금 다른 모양이에요.”

“생각하는 방식?”

“네. 신 군은 우리가 받은 초등, 중등 교육을 받지 않았어요. 하지만 이상할 정도로 머리가 좋아요.”

그 점은 세실리아와 실비아도 알고 있다.

시실리가 메인 히로인으로 등장하는 『신 영웅 이야기』는 정말이지 몇 번이고 읽었다.

“믿기 어려운 일이지만…… 신 군은 전부 혼자 배웠다고 해요. 자연 현상, 생물의 구조, 그 외 다양한 것들을 전부 독학으로.”

“도, 독학?!”

“하, 하지만 현자님과 도사님께 배우지 않았어?”

세실리아가 놀라고 실비아가 질문한 참에 새로운 환자가 도착했다.

이번에는 아무래도 내장에 심각한 충격을 받았는지 피를 토하는 환자였다.

시실리는 그 환자에게 신에게서 배운 초음파 검사 마법을 걸어 내장의 파손 부위를 찾아내 재생 치료했다.

점차 안색이 좋아지는 환자를 보고 이제 괜찮겠다고 판단한 시실리는 방금 환자를 운반한 병사들에게 다시 후방으로 이송할 것을 부탁했다.

그리고 다음 환자가 도착할 때까지 조금 전 실비아의 질문에 답했다.

"할아버님도 할머님도 신 군에게는 마법을 사용하는 방법과 마도구를 만드는 방법의 기초만 알려줬다고 해요. 그 외의 지식은 문자를 읽는 법을 배웠을 때부터 허그 대표가 지닌 서적에서 멋대로 익혔다고 말씀하셨어요."

"멋대로 익혔다고……."

"천재라는 것도 이해가 되네……."

놀라는 세실리아와 어이없어하는 실비아.

"그런 신 군이 사용한 마법이에요. 평범할 리가 없어요."

시실리의 말에 세실리아와 실비아가 수긍했다.

역시 마법사의 왕, 『마왕』이라 불릴만하다.

일반인은 이해하기 어려운 세계관 속에서 살고 있겠지.

그러는 사이에 다시 운반된 환자.

경증 환자는 다른 치유 마법사가 담당하고 있기에 아까부터 중환자만 운반됐다.

이번 환자는 팔이 떨어지려 했다.

시실리는 떨어지려는 팔을 비틀리지 않도록 신중하게 맞

춘 뒤 뼈, 근육, 혈관, 그리고 신경까지 연결했다.

치료가 끝났을 무렵, 원래대로 움직이는 팔을 본 병사는 넋이 나갔다.

"죄송해요. 다음 환자가 와야 하니 자리를 비워주시겠어요?"

"아, 네! 감사합니다, 성녀님!"

그렇게 인사하고 다시 전장으로 달려가는 병사.

"우오오오! 성녀님을 위해! 해내겠…… 어?"

의기양양하게 달려 나간 병사의 말이 갑자기 끊겼다.

그 후 그 병사가 소리쳤다.

"마물이다! 마물이 이쪽으로 온다!"

그 말에 임시 구호소에 있던 사람들이 일제히 돌아보았다.

그러자 거기엔 포위망을 뚫고 왔는지 거대한 늑대 마물이 이쪽으로 질주하는 모습이 있었다.

"이런! 후방이라서 방심했다!"

"안 돼! 이미 늦었어!"

세실리아와 실비아는 멀린식 훈련으로 마력 제어량이 늘어났지만 아직 완벽하게 무영창으로 마법을 사용할 수는 없었다.

치료에 전념하던 시실리도 빠르게 치료를 멈출 수가 없어 마물의 습격을 허락하는가 싶었다.

그러나.

"그렇겐 안 됨다!"

뒤늦게 도착한 마크가 늑대 마물을 향해 엄청나게 두꺼운 불의 창 몇 개를 빠르게 쏘았다.

처음 공격은 적이 피했지만 그 피한 위치를 예상한 것처럼 날아간 불의 창 하나가 늑대 마물에게 떨어졌다.

세실리아와 실비아는 계속해서 공격하려 했지만 그럴 필요가 없었다.

단 한 번의 마법으로 재해급인 늑대 마물의 몸 정중앙에 커다란 구멍이 생겨 목숨을 잃었기 때문이다.

"클로드 씨! 괜찮습니까?"

"네. 마크 씨, 고마워요."

"어쩐지 늦어버린 모양이라 그냥 이대로 여길 경호하겠습니다."

"잘 부탁드려요."

재해급 마물을 쓰러뜨렸다고는 생각할 수 없을 정도로 가벼운 대화.

세실리아와 실비아는 확실히 신은 규격 외라기보다 이상하다고 말할 수 있는 수준이지만, 그런 신이 이끄는 그들도 충분히 규격 외인 존재가 되어가고 있다고 느꼈다.

그리고 다른 규격 외 일행은 어쩌고 있을까 해서 전장 쪽으로 시선을 옮겼다.

그러자 거기엔 얼핏 봐도 확실히 알 수 있을 정도로 수가 줄어든 마물들이 있었다.

남은 것은 이제 몇 마리 정도일까.

이렇게 짧은 시간 동안 이 정도까지…… 세실리아는 감탄보다도 질려버린 감정이 더 강했다.

이거라면 문제없이 마물들을 토벌할 수 있겠다고 생각한 순간.

“……?!”

시실리와 마크도 시선을 보낼 정도의 강력한 마력이 발생하더니 얼티밋 매지션즈에게 필적할 정도의 마법이 아우구스트 일행을 향해 날아들었다.

“큭! 전하!”

마크가 자신도 모르게 소리쳤지만 아우구스트도 강력한 마력을 느끼고 있었다.

약간 놀라긴 했지만 마력 장벽을 전개해 자신의 전투복에 설치된 방어 마법도 기동.

문제없이 그 마법을 막을 수는 있었다.

“전하! 무사하십니까?!”

갑작스러운 일에 놀란 토르가 아우구스트의 무사를 확인했다.

“괜찮다! 하지만 지금 그건 뭐지?! 어디서 공격했나?!”

아우구스트가 수상히 여기는 것도 무리가 아니다.

이곳에 있는 것은 재해급이라지만 마물이다.

마물이 마법을 사용한다 해도 신체 강화 등의 마법이지 이처럼 방출형 마법을 사용하는 일은 없다.

그렇다면 누가 이 마법을 쏘았는가.

생각할 수 있는 답은 한 가지밖에 없다.

그러나 그 예상이 빗나갔으면 했다.

그렇게 생각하며 마법이 날아든 부근을 주의해서 살펴보니…….

"이런…… 농담 말라고."

지금까지 마력을 은폐하고 숨어 있었으리라.

복수의 마인들이 거기에 서 있었다.

"호오, 지금 것을 막았나. 역시 신 월포드 이외도 방심할 수 없겠군."

자신이 발사한 마법이 막힌 것이 재밌는지 마법을 사용한 것으로 여겨지는 마인이 그렇게 중얼거렸다.

아우구스트는 나타난 마인을 바라보며 최악의 사태가 벌어진 것을 예감했다.

가능하다면 마인들은 구 제도에서 얌전히 있기를 바랐다.

그들의 우두머리인 올리버 슈투름은 지금 목표를 잃은 빈 껍질이 됐을 것이었다.

그러나 움직였다.

그렇다면 슈투름이 어떤 행동 지침을 얻었음이 분명했다.

그리고 마인들이 선택한 행동은 역시 전투였다.

그 사실에 아우구스트는 이를 갈았다.

마인령 공략 작전은 성공적이었다.

감시망도 완성됐다.

그러나 인류의 안녕은 바로 찾아오지 않을 듯하다.

아우구스트는 방심하지 않고 마인들을 보았다.

나타난 마인은 다섯.

지금까지 수많은 마인을 토벌한 아우구스트 일행이지만 이 마인들은 지금까지 만났던 마인과 달랐다.

우선 침착하다.

갑자기 마법을 쏘긴 했지만 그 힘에 취한 인상은 아니었다.

무엇보다 가장 큰 차이점은…….

"뭐지? 이 마력은……."

마인 특유의 검은 마력. 그 양이 수준이 다를 정도로 컸다.

"지금까지 만난 마인과는 다르다는 건가……."

"당연하잖아? 그런 멍청한 녀석들과 똑같이 여기지 않았으면 좋겠군."

아우구스트의 말에 마인은 유감스럽다는 표정을 했다.

"상당히 신랄하군. 원래는 동료였잖아?"

"동료? 이상한 말을 하는군. 우리는 마인이다. 동료 의식은 어디에도 없어."

"그럼 어째서 너희는 무리를 맺지?"

"전부 슈투름 님을 위해. 우리의 모든 행동은 슈투름 님과 함께한다."

"흠. 상당히 신뢰하는군."

"당연하잖아? 우리가 지금 이렇게 있을 수 있는 것은 전부 슈투름 덕이다. 그것을 배신한 무능한 놈들. 원래라면 우리의 손으로 없애주고 싶었지."

"……."

"그런 은혜도 모르는 놈들은 이용당한 것만으로도 고맙게 생각해야지."

"이용……."

그 한 마디로 아우구스트의 안에서 다양한 의문이 실타래처럼 풀렸다.

너무나도 단편적인 마인들의 침략.

치졸한 전술.

지금까지 의문이었던 것들이 이제야 이해가 됐다.

"그러니까 그 마인들의 행동은 전부 너희의 지시였다…… 그런 뜻인가."

"크크크. 그 바보들은 전혀 몰랐겠지만."

처음으로 마인들과 냉정하게 이야기하는 아우구스트.

아우구스트는 그 대화를 통해 그들이 인간성을 잃었다는 것을 실감했다.

아마 슈투름 이외에는 정말로 아무래도 좋을 것이다.

마인이라지만 사람의 목숨에 아무런 가치도 없다는 말투였다.

"자, 우리가 이렇게 나선 건 다름이 아니다."

떨어져 나간 마인들을 이용했다는 말에 모두가 충격을 받은 사이에 마인들이 이리로 나타난 이유를 이야기하기 시작했다.

"신 월포드라는 최대의 위협이 없을 때…… 너희를 없애둘까 싶었지!"

그 말을 끝으로 갑자기 마인들이 움직였다.

그리고 다섯 마인이 일제히 마법을 쏘았다.

"방어 마도구 기동! 병사들은 모두 후방으로 물러나라! 휘말려도 모른다!"

발사된 마법을 자신의 마력 장벽과 마도구로 막은 아우구스트는 병사들에게 피난 명령을 내렸다.

얼티밋 매지션즈와 마인의 전투에 휘말릴세라 다급히 이탈하는 기사들.

그러나 마법 속도보다는 빠를 수 없어 제트 부츠를 사용해 점프한 참에 착탄의 여파를 받아 몇 명인가가 날아가 버렸다.

마인들의 마법을 막은 아우구스트는 신이 없는 상황을 당연한 듯이 아는 마인을 보고 어떤 가설을 세웠다.

"설마! 교황 예하를 찌른 건?!"

"호오, 그걸 깨달았나. 그래, 우리에게 세뇌된 자를 사용했다. 당분간 신 월포드는 이스에 발이 묶이겠지."

히죽이며 자신들의 작전으로 신과 아우구스트 일행을 떨

어뜨렸다는 사실을 알린 마인.

그 말에 창신교도인 아우구스트 일행은 크게 분노했다.

"이 자식들! 교황 예하를 미끼로 사용했나!"

"크크크, 그래. 잘 놀아나줬고 잘 낚여줬지. 어디 이제 죽여 볼까."

마인들은 그렇게 말하고는 산개해 여럿이서 한 명을 노리기 시작했다.

"앗! 잠깐!"

최전선에 있어 제일 먼저 표적이 된 앨리스는 재빨리 전투복에 설치한 방어 마법을 기동했다.

"이건…… 제법 성가신 마도구를 입고 있군!"

"흥! 신 군이 만든 특제 방어 마법이니까! 간단히 깰 거라고 생각하면 큰 오산이야!"

모든 마법을 막은 앨리스가 공격에 나서려 할 때.

"이쪽 존재도 잊으면 곤란하지."

"어? 꺄아아악!"

공격하려 하려고 잠시 전투복의 마법 방어를 풀었다.

그 찰나의 빈틈을 노리고 다른 마인이 공격했다.

"코너!"

처음으로 얼티밋 매지션즈에게 직접적인 공격이 가해졌다.

그 사실에 아우구스트는 자신도 모르게 소리치고 말았다.

그리고 마법을 맞은 앨리스는.

"으아아…… 깜짝이야! 죽는 줄 알았어!"

재빨리 방어 마법을 다시 기동했는지 상처가 없었다.

아우구스트는 안도했지만 그러는 사이에도 마인들은 다른 사람으로 표적을 바꾸어 공격해왔다.

어디까지나 여럿이서 아우구스트 일행이 방어 마법을 풀고 공격에 나서려 하는 틈을 노려 공격했다.

수가 많은 아우구스트 일행이 반대로 포위하고 공격하려 했지만 여럿이서 하나를 공격할 때는 사선상에 동료가 들어오도록 유도한 탓에 마법을 발사하기 주저하게 되어 쉽사리 공격할 수 없었다.

"그렇다면!"

토니가 그렇게 말하며 달렸다.

그 손에 바이브레이션 소드를 들고 마법이 아닌 근접전으로 몰았다.

그러나.

"혼자서 돌진해오다니 너무 얕봤잖아!"

"윽! 제길!"

마인 한 명만을 노리자 역시 다른 마인이 마법으로 공격해왔다.

이렇게 되면 돌격을 멈추고 방어 마법을 전개하거나 회피해야 한다.

토니는 재빨리 회피했다.

마인에게 접근했기에 발을 멈추는 것은 위험하다고 판단했기 때문이다.

“칫! 멈췄더라면 집중포화로 없애줬을 텐데.”

그 말에 토니는 등줄기가 서늘해졌다.

그리고 이 시점에서 모두의 인식이 일치했다.

‘이 마인들은 지금까지 만난 마인과는 비교할 수 없을 정도로 강하다!’

그렇게 인식했다고 사태가 좋아지는 것은 아니다.

마인들의 마법은 어떻게든 견디고 있지만 대신 이쪽도 마법을 쏠 수 없고 공격한다 해도 피했다.

마인들도 아우구스트 일행이 강력한 방어 마도구를 지닌 것은 예상과는 달랐는지 서로 끝을 낼 수 없는 상황이었다.

처음엔 아우구스트 일행을 섬멸하기까지 얼마 걸리지 않을 거라 생각했던 마인들도 자신들의 마법이 방어 마도구로 모조리 무효화되는 상황에 점점 짜증이 솟구쳤다.

이대로는 결판이 나지 않는다.

그렇게 판단한 아우구스트는 가까이에 있던 토르에게 귓속말했다.

“지금부터 신을 부른다. 잠시 시간을 벌어다오.”

“알겠습니다.”

마인들이 다른 자를 노리는 동안 잠시 전장을 이탈했다.

그리고 이공간 수납에서 무선 통신기를 꺼내 신에게 연락했다.

이렇게 된 이상 인류가 지닌 비장의 수단을 투입할 수밖에 없다고 판단하며.

◆

오그에게서 마인과 교전 중이라는 소식을 받았다.

게다가 그 마인들은 지금까지 나타났던 마인과는 비교할 수 없을 정도로 강하다고 한다.

대체 무슨 일이 일어난 거지?!

"대체 뭐가 어떻게 돼서 마인과 싸우게 된 거야?! 그보다 지금 어딘데?!"

『구 제도에서 재해급 마물이 쏟아져 나왔어! 그걸 토벌하니 마인이 나타났지!』

구 제도에서?!

그럼 역시!

"제길! 역시 슈투름은 마물에 대한 실험을 포기하지 않았구나!"

『크! 그렇군! 마물 실험! 슈투름은 그걸 위해 알스하이드에 왔었지! 난 어째서 그걸 잊고 있었지!』

"나도 잊고 있었어. 그 후에 계속해서 마인 대량 발생과 침공으로 많은 일이 있었으니까. 그것보다 이쪽은 이제 마무리됐으니 그리로 갈게! 어디로 가면 돼?!"

『부탁한다! 알스하이드 군의 주둔지야! 위치는 알겠지?!』

"그래!"

『그럼 서둘러 부탁한다! 지지는 않겠지만 결판이 나지 않아! 이대로는 병사들에게도 피해가 생길지도 몰라!』

"알았어!"

오그와 무선 통신을 끊고서 할아버지와 예카테리나 씨에게 말했다.

"그렇게 됐으니 미안하지만 예카테리나 씨의 치료를 마쳐도 될까요?"

"그래, 거의 다 나았단다. 고마워. 그것보다 빨리 현장으로 가렴."

"네! 그럼 할아버지, 갔다 올게!"

"그래, 조심하려무나."

두 사람에게 말을 건 후 서둘러 게이트를 열려 했는데, 어디가 제일 가까웠더라?

"음…… 아! 거기구나!"

알스하이드 군과 각국 연합군이 합류해 전투했던 곳.

그곳이 제일 가깝다.

재빨리 게이트를 열고 서둘러 그 게이트를 빠져나갔다.

◆

"새로운 마인의 습격인가요…… 종결 선언은 할 수 없겠네요."

"그렇구나. 그것보다 지금까지 얌전히 있던 마인들이 갑자기 움직인 점이 신경 쓰이는구먼."

신이 서둘러 게이트로 떠난 뒤, 남겨진 예카테리나와 멀린은 복잡한 표정으로 말을 나눴다.

종결 선언 직전에 그 계획이 무너진 것도 당연히 문제지만 두 사람은 그것 이상으로 갑자기 마인의 움직임이 활발해진 것을 수상히 여겼다.

"신의 가설이 옳다면 담 왕국의 사자가 저를 공격한 것도, 마인화하려던 것도……."

"전부 마인들이 꾸민 짓……이 되겠지. 대체 무슨 생각인 건지."

애초에 마법사조차 단순히 강한 원한과 증오를 지닌다 해도 마인이 되는 것이 아니다.

하물며 담 왕국의 사자는 일반인이었다.

그런데도 마인화하려 했다. 십중팔구 신이 말처럼 강제적으로 마인화시킨 것이다.

그리고 같은 시간에 일어난 재해급 마물의 대량 발생과 마인 그 자체의 출현.

이것이 의도하는 바는…….

"그렇군. 전력 분단과 위협 삭감인가."

"……그러니까 신 군을 이쪽으로 보내고 그사이에 얼티밋 매지션즈 아이들을 죽이려 했다는 말씀인가요?"

"아마 그렇겠지. 타이밍이 너무 맞아떨어져."

"그러네요……."

자신은 신을 떼어놓기 위한 미끼.

입술을 깨문 예카테리나는 그 사실이 너무 분했다.

애초에 자신이 찔리지 않았더라면 이런 사태가 벌어지지 않았다.

"정말로…… 저희는 그 아이들의 도움이 되기는커녕 발목을 붙들기만 하네요……."

이스라는 나라가 지닌 담에 대한 그릇된 인식이 방심을 불렀고 악행을 허용했다.

그 결과 아이들이 위기에 처했으니 한심하고 미안할 따름이었다.

"그리 비관할 것 없다. 어쩌면 그 방심조차 계산됐을지도 모르지."

"……그럴까요?"

멀린은 자기혐오에 빠진 예카테리나를 위로했지만, 어쩌면 정말로 이스라는 나라의 방심조차 계산에 넣었을지 모른다고 생각하니 등줄기가 서늘해졌다.

"어쨌든 지금은 신이 마인들을 토벌해주기를 기도할 수밖에 없구나."

"그러고 보니 선생님은 가지 않으셔도 괜찮으세요? 예전이라면 마인과 전투가 벌어지면 제일 먼저 앞장서셨을 텐데."

지금보다 젊은, 중년기 시절의 멀린을 아는 예카테리나는 그것이 신기했다.

"너는 나를 전투광으로 착각하는 것 아니냐?"

"어? 아닌가요?"

유감스러워하는 멀린에게 무슨 말이냐고 되묻는 표정을 한 예카테리나.

그런 예카테리나의 반응에 관자놀이에 힘줄이 떠오르면서도 함께 가지 않은 이유를 설명했다.

"하아…… 내가 가도 큰 도움이 안 될 거다."

"선생님께서 도움이 안 된다고요?!"

예카테리나는 멀린의 말을 믿을 수 없었다.

그녀의 뇌리에는 과거에 본 멀린의 압도적인 마법 이미지가 짙게 남아 있었다.

얼티밋 매지션즈의 전투를 직접 본 적이 없는 예카테리나에게 최강의 마법사를 꼽으라고 하면 역시 멀린이 제일 먼저 떠오른다.

"내 힘은 아우구스트 전하와 거의 같은 정도지. 그 아이가 고전한다면 나라도 도움이 되지 못할 게야."

"하지만…… 선생님과 아우구스트 전하는 경험이 다르잖

아요."

예카테리나는 멀린이 전투에 도움이 되지 않는 모습을 도저히 상상할 수 없었다.

그래서 조금 물고 늘어졌다.

"확실히 신이 없었더라면 나도 도와주러 갔을지도 모르지."

"그럼 어째서?"

자신이 도움이 되지 않는다고 말한 걸까?

예카테리나의 의문에 멀린은 간결하게 답했다.

"이번엔 신이 있다."

손주바보라 불릴지도 모르지만 신은 천재다.

멀린이 본 힘조차 전력이 아닐지도 모른다.

그것을 고려하면 멀린은 자신이 신의 도움이 된다고는 도저히 생각할 수 없었다.

"그 얼티밋 매지션즈의 서열은 말이다, 수석과 차석 사이에 채울 수 없는 차이가 있단다."

"……그러니까 차석인 아우구스트 전하와 동등하다고 말씀하신 선생님과 신 군에게도 상당한 차이가 있다는 말씀이세요?"

"그래. 그런 그 아이가 나섰으니 내가 나설 차례는 없겠지. 그리고……."

"그리고?"

"신은 내게 함께 와달라고 하지 않았다. 아마도 카체를 간호해줬으면 하는 거겠지.”

그런 신의 의도까지는 몰랐던 예카테리나는 눈을 동그랗게 뜨고 놀랐다.

“그렇게 놀랄 일이냐?”

“네. 신 군과 저는 면식이 조금 있긴 하지만 그렇게까지 걱정해줄 관계는 아닌 줄 알았는데요…….”

당황한 예카테리나에게 멀린은 어떻게 할지 잠시 고민한 끝에 사정을 설명하기로 했다.

“실은 말이다. 카체가 그 아이들의 생일 파티에서 돌아간 뒤에 그 일을 이야기했다.”

멀린과 멜리다가 이야기할지 망설였던 일을 신에게 들려준 것을 알게 된 예카테리나는 놀람과 동시에 조금 마음이 놓였다.

하지만 그것과 이것이 어떤 연관이 있는 걸까?

“이야기하는 도중에 카체가 우리의 며느리가 될 예정이었다고 알려줬지.”

“……그랬군요.”

과거에 장래를 맹세했지만 영원히 잃어버린 연인.

그 사람의 아버지이자 원래라면 시아버지가 되었을 멀린.

실현되지 않았던 그 관계를 떠올린 예카테리나의 마음이 무거워졌다.

“그러니 내게 새아기의 간호를 맡기고 싶었던 거겠지.”

"아……."

갑자기 그 표정이 무너진 예카테리나의 머리를 쓰다듬는 멀린.

그 모습은 정말로 딸을 걱정하는 아버지의 것이었다.

"걱정하지 않아도 신은 마인을 쓰러뜨리고 돌아올 게다. 그러니 카체는 빨리 회복되도록 편히 쉬려무나."

"……아버지……."

실제로는 시아버지와 며느리의 관계가 되지 못했다.

십몇 년이 흘러 그 관계로 돌아온 예카테리나는 넘치는 눈물을 억누를 수 없었다.

"여전히 울보로구먼."

"……지금 건 너무하셨어요, 선생님."

"허허. 자, 신이 말하지 않았느냐. 치료는 끝났지만 몸 상태는 아직 회복되려면 멀었다. 편히 쉬려무나."

"하지만…… 이런 사태가 벌어졌는데 저만 누워있을 수는……."

"그럼 멜리다도 간호하러 와달라고 할까?"

"당장 잘게요! 그럼요! 그러니 스승님만큼은!"

"멜리다를 왜 이리 무서워하는지……."

"스승님보다 더한 공포는 모른다고요!"

"그건 그렇지……."

방금 했던 이야기로는 시어머니가 될 예정이었던 멜리다지만 예카테리나에게는 시어머니라기보다 무서운 스승님일 것이다.

그런 점에서 멀린과 공통된 인식을 지닌 예카테리나는 멀린과 마주 보며 웃었다.

"스승님의 설교가 무서우니 얌전히 있을게요. 하지만 이것만……."

"흠?"

예카테리나는 가슴 앞에 손을 맞잡았다.

"신 군에게 신의 가호가 있기를……."

예카테리나는 신에게 들어달라는 것처럼 마력을 담아 기도했다.

그 모습을 신자가 봤더라면 자신도 모르게 무릎을 꿇고 절할 정도로 거룩했다.

"그거 정말로 효과가 있는 게냐?"

그러나 무신론자인 멀린에게는 별 반향이 없었던 듯하다.

"선생님…… 그렇게 분위기 깨는 말씀 좀 삼가주세요……."

뾰로통하게 말하는 예카테리나를 침대에 눕히고 이불을 덮어준 멀린은 딸을 간호하는 것처럼 머리를 쓰다듬으며 말했다.

"끝났으면 얌전히 자라. 나중에 멜리다도 데려오마."

"……혼나지 않겠죠?"

"얌전히 잠들면 괜찮겠지."

허허 웃는 멀린이 지켜보는 가운데 예카테리나는 어린아이로 돌아간 듯이 안심하고 잠이 들었다.

◆

신과 통신을 끊은 아우구스트는 바로 전선으로 복귀했다.

"전하! 어떻게 됐습니까?!"

돌아온 아우구스트에게 토르가 물었다.

"그래, 연락했다. 이제 곧 이쪽으로 올 거다."

아우구스트의 대답에 안심했지만 그것을 마인들에게 들키면 도망갈 가능성이 있기에 바로 그 표정을 지웠다.

"그나저나 이 방어 마법 부여. 지속적으로 발동되면 좋겠는데요……."

"어쩔 수 없지. 마도구인 이상 『의식해서』 마력을 보내지 않으면 발동하지 않으니까."

신은 마력을 두르면 발동한다고 생각하지만 실제로는 그렇지 않다.

만약 마도구가 마력을 감지하는 것만으로 발동한다면 세상에는 마도구의 오작동 사고가 끊임없이 일어날 것이다.

마도구는 『의식해서』 마도구에 마력을 보내지 않으면 그 효과를 발휘하지 않는다.

그럼 어째서 신은 그런 착각을 하고 있을까.

그건 역시 전생의 지식이 그 착각을 부른 것이다.

신은 마도구에 보내는 마력을 『전기』와 동등하게 보는 측면이 있다.

전자 제품은 전기를 보내면 사용자의 의사에 상관없이 기동하기에 신도 그런 인식이 있었다.

그래서 이 전투복을 입는 한 얼티밋 매지션즈에게 피해가 생기지 않을 거라고 생각한다.

그러나 실제로는 공격에 나서려고 하면 어쩔 수 없이 마도구에 마력을 보내는 의식이 끊기기 때문에 방어 마법이 멈춘다.

마인들은 그 틈을 교묘히 노려 공격했다.

그리고 아우구스트 일행은 그 마법을 막기 위해 공격 마법을 중단하고 방어 마법에 의식을 돌렸다.

쓰러지지 않지만 쓰러뜨릴 수도 없다.

지금은 그런 교착 상태에 빠졌다.

그런 사태에 초조해진 것은 마인들 쪽이었다.

마인들에게 위협적인 것은 신뿐.

다른 인물은 자신들보다 아래라고 여겼다.

게다가 자신들은 원래 병사였던 몸.

아직 학생인 아우구스트 일행에게 밀린다는 것은 조금도 상상할 수 없었다.

그러나 막상 시작해보니 무척이나 성가신 방어 마법이 부여된 마도구를 가지고 있었다.

덕분에 쉽게 대미지를 줄 수 없었다.

이 상황에 초조해진 마인들은 어떤 것에 주목했다.

그것을 발견한 마인들은 아우구스트 일행에게서 거리를 벌린 뒤 갑자기 전혀 다른 방향으로 마법을 발사했다.

"크?! 이런!"

그 마법이 날아간 방향은 후방에서 상황을 지켜보던 알스하이드 군이었다.

갑자기 마인의 마법이 날아오자 마법사단이 다급히 방어 마법을 전개했지만 그 방어 마법을 뚫고 병사들 사이로 떨어졌다.

방어 마법으로 위력이 줄었다지만 마인의 마법 공격이다.

상당한 수의 부상자가 발생했다.

"제길! 클로드! 미안하다! 그들을 부탁해!"

"네!"

얼티밋 매지션즈로서 시실리도 마인과의 전투에 참가했지만 부상자가 다수 발생해 전투 참가를 포기하고 병사들에게 달려갔다.

그러자 거기에는.

"어, 언니!"

"시실리⋯⋯ 미안, 실수했어⋯⋯."

시실리가 달려와 본 것은 방어 마법을 전개하던 세실리아가 마인의 마법으로 부상당한 모습이었다.

"바로 치유할게요! 그러니까 언니, 죽으면 안 돼요!"

부상당한 세실리아에게 필사적으로 치유 마법을 거는 시실리.

제 식구 감싸기……라고 말할 수 없을 정도로 세실리아는 중상을 입었다.

사지를 잃지는 않았지만 피부가 그을리고 팔도 이상한 방향으로 꺾여 있었다.

이대로 내버려 뒀다간 목숨을 잃는다.

그렇게 생각될 정도의 부상이었다.

시실리는 좋아하는 언니의 그런 모습에 넋이 나간 듯이 필사적으로 치유 마법을 걸었다.

가족이 죽을 위기에 처했다. 그렇게 되는 것도 무리가 아닐 것이다.

그러나 그래서 시실리는 주위를 살필 수가 없었다.

"클로드! 방어해!"

아우구스트의 외침으로 정신이 든 시실리가 본 것은 자신들을 향해 날아드는 마인들의 마법.

방금 방어 마법을 전개했던 마법사단원은 세실리아만큼의 중상은 아니었지만 상처를 입고 쓰러진 상태.

그리고 시실리는 세실리아에게 전력으로 치유 마법을 걸고 있다.

다시 말해 시실리 주위에 방어 마법을 전개할 수 있는 사람이 없다는 뜻이다.

"아……."

시실리는 눈앞으로 다가온 마법이 흡사 슬로 모션처럼 보였다.

너무나도 갑작스러워 뇌의 반응에 몸이 따라가지 않았다.

시실리의 체감으로 천천히 육박해오는 마법을 그저 바라볼 수밖에 없었다.

이미 늦었다.

그렇게 생각한 시실리의 뇌리에 떠오른 것은 신.

태어나서 처음으로 사랑을 알게 해준 상대.

그런 신과 함께한 나날이 빠르게 떠올랐다.

즐거웠던 일, 기뻤던 일, 부끄러웠던 일.

그것들이 떠올라 시실리의 눈에서 눈물이 흘렀다.

이대로는 신과 영원한 이별이 찾아온다.

시실리는 그렇게 느끼고 말았다.

그것을 본능적으로 거절한 시실리는 무의식중에 그 이름을 불렀다.

"신 군!"

시실리가 그렇게 외치고 눈을 꽉 감은 뒤…….

마인의 마법이 떨어졌다.

시실리는 눈을 꽉 감았지만 마법이 떨어졌는데도 전혀 충격이 전해지지 않았다.

이상하게 여긴 시실리가 조심스럽게 눈을 떴다.

그러자 거기에는.

"아…… 아, 아아."

그 눈에 비친 것은.

"시실리, 괜찮아?"

방금까지 떠올렸던 사랑하는 이의 모습이었다.

◆

"보인다!"

게이트를 빠져나와 비상 마법으로 최대한 빨리 날았다.

이 주변에 민가가 없는 것이 다행이었다.

만약 있었더라면 충격파로 날아가 버렸을 것이다.

그만큼 고속으로 비행한 덕분에 빠르게 전장에 도달할 수 있었지만 거기서 눈에 들어온 것은 마인이 후방으로 물러난 알스하이드 군을 향해 마법을 발사하려는 모습이었다.

제길! 역시 이쪽을 노렸어!

오그의 이야기로는 서로 진전이 없는 느낌이어서 초조해진 마인이 병사들을 노리지 않을까 우려했다.

설마 진짜로 그런 일이 벌어지다니…….

잠깐?! 저 마인들이 노리는 건 시실리가 있는 곳이잖아!

그 시실리는 누군가를 치료하느라 마법이 발사되는 것을 깨닫지 못하고 있어!

다급히 시실리에게 다가가려 했지만 마인이 먼저 마법을 발사했다.

제길! 늦으면 안 돼!

더 속도를 올린 나는 마력 장벽을 병행 기동해 시실리와 날아드는 마법 사이를 막아섰다.

그 직후 마력 장벽에 착탄한 마인의 마법.

도착한 뒤에 방어 마법을 기동했다면 늦었을 것이다.

정말로 아슬아슬했어!

"시실리, 괜찮아?"

마법을 막은 뒤 뒤를 돌아보며 시실리에게 말을 걸었다.

그러자 시실리는 잠시 멍하니 바라본 뒤 얼굴을 잔뜩 찡그리며 울기 시작했다.

"신 군…… 신 군! 신 군! 으아아아아! 신 군!"

엉엉 울며 내게 안겨들었다.

"자, 이제 괜찮아. 내가 있으니까."

"어, 언니가, 흑, 다쳐서, 윽, 구하려고, 흑, 그랬더니 마법이…… 으윽, 이제 틀렸다고, 으으, 이제, 이제 신 군을 만날 수 없게 될 것 같아서!"

"어?"

언니가 다쳤어?

혹시 아까 치료하던 사람이…….

"어?! 세실리아 씨?!"

"어머, 신 군, 한심한 꼴을 보였네."

시실리의 치유 마법은 이제 막 시작한 참이었을 것이다.

여기저기 화상을 입은 세실리아 씨가 힘없이 누워 있었다.

"아, 어, 언니. 언니를 치료해야지."

휘청휘청 내 가슴에서 떨어져 세실리아 씨의 치료를 하려는 시실리.

하지만 시실리의 지금 정신 상태를 고려하면 조금 더 진정된 뒤에 하는 편이 좋다.

"시실리, 내가 할게."

"신 군……."

내가 세실리아 씨에게 치유 마법을 걸었다.

화상뿐만 아니라 팔도 부러졌으니 그쪽도 동시에 치유했다.

"흐아…… 이게 뭐야?"

빠르게 치유되는 모습을 세실리아 씨가 휘둥그레진 눈으로 지켜보았다.

이윽고 완전히 치유하자 세실리아 씨가 몸을 일으켰다.

"굉장하네…… 시실리 말이 맞았어."

일어선 세실리아 씨가 자신의 몸을 여기저기 만지며 확인했다.

아무래도 치료가 잘 된 모양이다.

주변을 살폈지만 아무래도 지금 당장 치료가 필요했던 것은 세실리아 씨뿐이었던 모양이다.

그 사실을 확인한 나는 아직까지 멍한 시실리에게 말을 걸었다.

“시실리? 세실리아 씨는 이제 괜찮아.”

“신 군…….”

“그러니까 조금 더 진정되면 다른 사람을 치료해줄래?”

“아, 네!”

“응. 착하지.”

나는 시실리를 꼭 안은 뒤 등을 쓰다듬고 머리를 톡톡 두드렸다.

“아으…… 미안해요, 당황해서…….”

“괜찮아. 친언니가 중상을 입었으니 어쩔 수 없지. 그것보다 나는 이제부터 중요한 일이 있으니까.”

그렇게 말하며 시실리를 놓고 마력을 모으며 앞으로 나아갔다.

“내 소중한 시실리를…… 그리고 시실리의 소중한 가족을 괴롭혔으니 그 보답을 해줘야겠지!”

나는 지금껏 느껴본 적 없을 정도의 분노가 치솟았다.

시실리의 언니인 세실리아 씨를 다치게 했다.

게다가 시실리까지 공격했다.

그 사실에 나는…… 분노를 억제할 수 없었다.

"이 자식들…… 각오해라."

내 목에서 낮게 깔린 날카로운 목소리가 나왔다.

대량의 마력을 두르며 그렇게 말해서인지 마인들이 잠시 움찔했다.

나는 그렇게 순간 경직된 빈틈을 놓치지 않고 공격했다.

이공간 수납에서 바이브레이션 소드를 꺼내 신체 강화 마법과 제트 부츠의 가속으로 마인 한 명에게 육박.

"빠, 빨라……!"

마인이 무언가 말하려 했지만 그 말을 끝내기 전에 사선으로 바이브레이션 소드를 베어 올려 마인을 두 동강 냈다.

"우선 하나……."

"큭! 공격해라!"

그것을 본 마인들이 이쪽을 향해 마법을 쏘았고 그대로 착탄했다.

"신!"

오그가 내 이름을 부른다.

"해, 해치웠나?"

마인 한 명이 해선 안 되는 말로 플래그를 세웠다.

나는 그것을 마법이 착탄되어 생긴 연막 속에서 들었다.

마인이 마법을 사용한 시점에 이미 나는 방어 마법이 부여된 반지 마도구를 기동.

나는 상처 하나 입지 않았다.

나는 그 연막 속에서 다음 마인을 향해 날았다.

“칫! 역시 성가시군!”

다가온 나에게 다급히 마력 장벽을 전개하는 마인.

그러나 마인이 전개한 마력 장벽조차 짜증스럽게 느껴진 나는 일부러 마법 공격으로 전환했다.

한계까지 온도를 올린 『하얀』 불꽃 창 수십 자루를 내 주변으로 전개하며 마인을 향해 다가갔다.

그리고 수십 자루를 전개한 창 중에 하나를 마인을 향해 던졌다.

“큭! 커억! 뭐, 뭐야?! 이 위력과 열기는?!”

마인의 마력 장벽에 저지됐지만 상당히 아슬아슬하게 막았는지 마력 장벽이 상당히 옅어졌다.

한 자루로 이렇게나 없앴다.

그리고 이쪽은 수십 자루의 똑같은 불꽃 창이 남았다.

“자, 잠깐 기다려…….”

“기다려줄 리가 없잖아.”

아슬아슬하게 하나를 막은 불꽃 창 수십 자루가 전개된 광경에 마인은 절망한 표정으로 멈추라고 말했지만, 그런 소리를 들어줄 리가 없다.

나는 확연하게 오버킬이 되리라는 것을 알고 있으면서도 그 수십 자루의 창을 마인 한 명을 향해 모두 던졌다.

“우, 우오오오오……!”

처음 몇 자루는 어떻게든 막은 모양이지만 그 후에도 연속으로 떨어지는 불꽃 창을 막을 수 없어 마력 장벽이 부서진 마인은 남은 불꽃 창을 모두 그 몸으로 받아 문자 그대로 소멸했다.

그 광경을 지켜본 나를 향해 다른 마인의 마법이 날아들었다.

“이 괴물 자식!”

너무하네.

“괴물은…… 너희 쪽이잖아!”

나는 제국민을 전부 학살한 마인들을 인간이었다고 생각할 수 없다.

이 녀석들은 악마이거나 괴물이다.

날아든 마법을 막지 않고 피한 뒤 그 마법을 사용한 마인에게 다가갔다.

그러자 그 옆에서 다른 마인의 마법이 나를 향해 날아들었다.

그것을…….

“말도 안 돼! 병행 기동이라고?!”

방어 마도구를 전개해 측면에서 날아든 마법을 막았다.

그러는 사이에 내 신체 강화와 제트 부츠를 병행한 돌진은 멈추지 않았다.

그리고 공격 마법도 동시에 전개한 사실에 마인이 놀랐다.

내게 복수의 마법을 동시에 전개하는 것은 그리 어려운 일이 아니다.

컴퓨터상에서 복수의 프로그램이 병렬 기동하는 것을 상상하면 간단히 할 수 있다.

그러나 오그의 말을 빌리자면 그 마법의 병렬 기동도 비상식적이라고 한다.

그 상식은 마인들에게도 해당하는지 내가 복수의 마법을 동시에 전개하는 것에 놀라워했다.

그리고 방어에 의식을 돌리게 하면 돌진이 멈출 것이라 생각했을 것이다.

내가 가는 방향의 마인은 마력 장벽의 방어가 아닌 공격 마법을 전개하려 했다.

"뭐?!"

"안타깝게 됐네."

"제, 젠장!"

뒤늦게 방어로 전환할 수 없었던 마인은 전개하던 공격 마법을 나에게 쏘았다.

그리고 나도 이미 공격 마법의 준비가 됐기 때문에 그것을 그대로 마인을 향해 쏘았다.

마인이 발사한 마법은 불꽃 마법.

반면 내가 사용한 것은 아까와는 반대인 얼음 창이었다.

불꽃과 얼음이라면 불꽃이 유리하다.

순간 마인의 얼굴에 희색이 감돌았다.

확실히 상대의 마법이 유리하지만 그럼 이렇게 하면 될 뿐이다.

“뭐, 뭐야……? 그 수는…….”

아까와 마찬가지로 얼음 창을 몇십 자루를 전개해 다가오는 불꽃 구슬을 계속해서 맞췄다.

처음엔 얼음 창이 불꽃에 삼켜져 사라졌지만 계속해서 맞추자 불꽃 구슬이 점점 그 위력이 줄어들어 결국엔 내게 닿기도 전에 사라지고 말았다.

불꽃 구슬은 소멸했지만 내 얼음 창은 아직 수가 남아 있었다.

그 광경에 불꽃 구슬을 쏜 마인은 넋이 나갔다.

멍해진 마인에게 남은 얼음 창을 아까의 불꽃 창처럼 전부 던졌다.

아연실색한 마인은 마력 장벽을 전개할 틈도 없이 그대로 얼음 창에 꿰뚫렸고, 그 후에도 계속해서 명중한 얼음 창에 의해 얼음덩어리가 됐다.

그럼 이제 남은 건…….

“둘인가…….”

멀리서 이쪽을 바라보던 마인에게 고개를 돌리자 확연하게 겁에 질린 모습을 보였다.

힐끔힐끔 뒤를 보며 어떻게든 도망갈 기회를 노리는 듯했다.

그런 모습이 나를 더욱 짜증나게 했다.

"왜 도망칠 생각이나 하고 있어? 너희가 공격했으면서……."

자신들이 공격해왔으면서 열세에 몰리니 도망치려 한다.

그 행동이 무척이나 화가 났다.

"그런 각오로! 인류에 싸움을 걸지 말라고!"

그렇게 외친 나는 남은 두 마인 중에 하나를 향해 달렸다.

그러자 나와 마인 사이의 지면에 전혀 예상하지 못했던 방향에서 날아든 마법이 떨어져 지면이 폭발했다.

"윽! 쳇!"

지면이 폭발하면 그 파편이 튄다.

물리 장벽으로 그 파편은 막았지만 돌진을 멈추고 말았다.

"제길! 어디서?!"

분노로 냉정함을 잃은 탓이겠지.

남은 둘과는 다른 마인의 존재를 전혀 깨닫지 못했다.

나는 상황이 불리하다고 여겨 증원하러 왔을 새로운 마인을 찾아 색적 마법을 전개하고 주변을 둘러보았다.

그러자.

"거기까지 해주실까. 신 월포드 군."

지금까지 나타났던 마인과는 느낌이 다른 마인이 나타났다.

""제스트 대장님!""

그렇게 외친 남은 두 마인은 새롭게 나타난 마인의 뒤로 숨었다.

대장님이라고?

"뭐야? 이번엔 네가 상대해줄 거냐?"

나도 상당히 화가 났기에 마치 전투광과 같은 말을 하고 말았다.

어쨌든 이 분노를 누군가에게 풀고 싶어 참을 수 없었다.

"그렇게 화내지 마라, 신 월포드 군. 내가 널 상대할 수 있을 리가 없잖아?"

"뭐? 그럼 왜 이렇게 습격한 거야?"

날 상대할 생각이 없으면서 습격했다고?

무슨 말을 하는 거지?

"설마 네가 참전할 줄은 생각도 못 했으니까. 예정이 조금 틀어졌지."

"웃기지 마! 뭐가 예정이라는 거야!"

내가 참전하는 것이 예상 밖이었다고? 무슨 말을…….

"……야. 설마 너희……."

"흠. 여러모로 추리하는 모양이다만, 괜찮은가?"

"뭐? 뭐가?"

"나는 말이지, 원래 제국의 군인이었지."

"군인……."

그렇다면 어떤 부대의 대장이었다는 건가?

그런데 뭐지? 왜 갑자기 그런 말을 꺼내는 거지?

제스트라고 불린 새로운 마인의 의도를 알 수 없어 당황하고 있으니 그 해답은 전혀 다른 곳에서 밝혀졌다.

"전하! 아우구스트 전하!"

알스하이드 군이 대기하던 후방에서 병사 한 명이 오그를 향해 달려왔다.

"이럴 때 무슨 일인가?!"

"죄송합니다! 하지만 각국에서 긴급 통신입니다!"

"긴급 통신?"

"네! 우리 알스하이드 및 주변 국가에……."

뭐지? 설마?!

"마인이 출현했다고 합니다!"

"뭐, 뭐라고?!"

오그가 다급히 말하고 이쪽을 보았다.

"군은 말이지 예측하지 못한 사태를 대비해 몇 개의 예방책을 준비해두는 법이지."

제스트는 당당하게 웃으며 그렇게 말했다.

"이, 이 자식!"

"내버려 둬도 괜찮은가? 너희가 지키지 않는 나라는 간단히 함락될 텐데?"

히죽 미소를 떠올리며 그렇게 말하는 제스트에게 화가 치밀었다.

"크! 이, 이 자식!"

"신! 그 녀석은 나중에 처리하면 돼! 지금은 각국에 나타난 마인이 최우선이다!"

그렇게 말하는 오그 쪽을 본 순간 새롭게 나타난 마인과 남은 둘이 이곳을 떠나고 말았다.

"그럼 우리는 이만 실례하지."

그런 말을 남기고 떠나는 마인들을 나는 손가락을 속수무책으로 지켜볼 수밖에 없었다.

쫓아가 저 녀석들을 토벌할 수는 있을 것이다.

하지만 지금 마인의 습격을 받는 나라들을 내버려 둘 수도 없다.

"제길! 오그! 서둘러 각국의 방위에 나서자!"

"알고 있다! 이봐! 마인이 나타난 건 구 제국 주변의 나라뿐인가?!"

"네! 엘스와 이스에서는 그런 보고가 들어오지 않았습니다!"

"그럼……."

그 자리에서 오그가 각국에 두 명씩 파견하기로 정한 뒤 인원을 나눴다.

그리고 팀이 정해진 사람부터 게이트를 사용해 각국으로 떠났다.

구 제국에 국경을 마주한 것은 알스하이드, 스이드, 담, 카난, 크루트까지 다섯 국가.

거기에 두 명씩이니 두 명은 남으니 마크와 올리비아는 연락 담당으로 이 자리에 남기로 했다.

모두의 연락을 기다리는 사이에 마크는 풀어준 말을 찾으러 간다고 한다.

내 짝은…….

"세실리아 씨!"

"어? 아, 응, 굉장하더라, 신 군…… 그것보다 뭐가 어떻게 된 거야?"

"알스하이드를 포함한 주변 각국에 마인이 나타났어요! 한시를 다투는 상황이에요! 시실리를 데려가도 괜찮을까요?"

내 말에 깜짝 놀란 시실리가 당황했다.

"마, 마인! 바, 바로 가야 해요! 아아, 하지만 계속 치료해야 하는 사람도……."

"시실리!"

마인 토벌에 가고 싶지만 이곳에 남아 치료를 하고 싶다는 마음도 있어 갈등하기 시작한 시실리를 본 세실리아 씨가 다그쳤다.

"여긴 괜찮으니까 신 군하고 떠나렴. 부끄럽게도 제일 중상이었던 건 나였던 모양이니까. 남은 부상자는 생명에 지장이 없으니 우리만 있어도 괜찮아."

"하, 하지만……."

"모든 사람을 치유하고 싶다는 네 마음가짐은 훌륭해. 하지만 네겐 해야 할 일이 더 있잖아?"

"……."

"우리를 더 신용해줘. 뭐, 마인 토벌에 여동생을 보내는 언니가 할 말은 아니지만."

"그, 그렇지는!"

"신 군! 그렇게 됐으니 시실리를 부탁해!"

"알겠습니다! 시실리, 가자!"

"……네! 알겠어요! 언니, 뒷일을 부탁해요!"

"알았어. 조심해서 다녀와."

"네!"

세실리아 씨의 설득으로 시실리를 마인 토벌에 데려갔다.

우리가 맡은 곳은 카난.

이렇게 우리는 세실리아 씨의 배웅을 받으며 게이트를 통해 카난으로 떠났다.

(계속)

■작가 후기

『현자의 손자』 9권을 구입해주셔서 정말 감사합니다.

여기까지 함께해주신 독자님은 이미 알아차리셨겠지만 현자의 손자는 기본적으로 장난으로 이뤄져 있습니다.

검과 마법의 판타지 세계에 마법 소녀를 만든 것이 그 증거입니다.

마법을 사용하는 소녀는 평범하게 마법사라고 불리잖아.

그렇다면 『마법 소녀』라는 말은 없겠지?

그럼 넣어버리자.

그런 단편적인 생각으로 만든 것이 『마법 소녀 큐티 스리』입니다.

완벽한 말장난입니다.

요즘 마법 소녀 장르의 애니메이션을 전혀 보지 않아 완전히 상상에 맡기며 적었습니다.

그 결과 키쿠치 선생님에게 막대한 폐를 끼치고 말았습니다.

마법 소녀의 눈가를 가리는 것을 어떻게 할지 몇 번이나 회의했습니다.

정말로 죄송합니다.

사실 이 일러스트 회의를 하는 도중 애니메이션 캐릭터 디자인 미팅도 있어서 거기서 키쿠치 선생님을 처음으로 만나 뵀습니다.

항상 신세를 지는 감사 인사와 이번 일의 사죄를 했습니다.

키쿠치 선생님, 엄청 좋은 사람이었습니다.

앞으로도 잘 부탁드립니다.

2018년은 그 애니메이션 준비에 쫓긴 1년이었습니다.

자신 이외의 창작가분들과 회의하는 것은 상당한 자극이 됐고 큰 공부도 됐습니다.

앞으로 제 작품에도 활용할 수 있게 되고 싶습니다.

그나저나 프로 창작자분들의 일은 정말 훌륭했습니다.

처음으로 캐릭터 디자인을 봤을 때는 감동조차 들었습니다.

그런 많은 분의 도움으로 이 현자의 손자가 만들어졌습니다.

담당 편집자님께는 여전히 많은 폐를 끼치고 있습니다.

그리고 이 작품을 읽어주신 독자님께도 최대한의 감사 인사를 전합니다.

앞으로도 잘 부탁드립니다.

2018년 12월 요시오카 츠요시

디자인 러프입니다.
헬멧+망토 착용 마법 소녀
라는 건 제법 곤란한 요청이었습니다.
괜찮게 봐 주시면 좋겠습니다만…… (’、3_ヽ)_

■역자 후기

안녕하세요. 9권부터 담당하게 된 역자 김덕진입니다.

이렇게 인사드릴 수 있게 되어 정말 기쁩니다.

시리즈 중간부터 이어서 작업하는 상황이다 보니 등장인물의 말투와 고유 명사 등으로 제법 고생했던 기억이 남네요.

특히 이번 9권은 정말 많은 등장인물이 나와서 더 그랬던 것 같습니다.

그래도 앞서 작업하신 역자님께서 잘 구축하신 작품에 누가 되지 않도록 최선을 다했습니다.

부디 독자님께서 이질감 없이 편안하게 읽어주실 수 있었으면 좋겠습니다.

그럼 짧지만 역자 후기를 마칩니다.

읽어주셔서 감사합니다.

현자의 손자 9
경천동지의 마인 습격

초판 1쇄 발행 2021년 8월 10일

지은이_ Tsuyoshi Yoshioka
일러스트_ Seiji Kikuchi
옮긴이_ 김덕진

발행인_ 신현호
편집부장_ 윤영천
편집진행_ 김기준 · 김승신 · 원현선 · 권세라
편집디자인_ 양우연
관리 · 영업_ 김민원 · 조인희

펴낸곳_ (주)디앤씨미디어
등록_ 2002년 4월 25일 제20-260호
주소_ 서울시 구로구 디지털로 26길 111 JnK디지털타워 503호
전화_ 02-333-2513(대표)
팩시밀리_ 02-333-2514
이메일_ lnovelpiya@naver.com
L노벨 공식 카페_ http://cafe.naver.com/lnovel11

ISBN 979-11-278-6140-7 04830
ISBN 979-11-278-3969-7(세트)

값 7,800원

L NOVEL

전생 왕녀와 천재 영애의 마법 혁명 1권

카라스 피에로 지음 | 키사라기 유리 일러스트 | 송재희 옮김

어릴 때 전생의 기억을 되찾은 왕녀, 아니스피아.
마법을 쓰지 못하기에 귀족들에게는 낮은 평가를 받지만
독자적인 마법 이론을 만들어 혼자서 연구를 계속하고 있었다.
그녀는 어느 날 천재 공작 영애, 유필리아가
차기 왕비 자리에서 밀려나는 장면과 맞닥뜨린다.
그녀의 명예를 회복하기 위해
아니스피아는 유필리아와 함께 살며 마법을 연구하기로 하는데?!
"유피, 나랑 같이 가 줄래?"
"바라신다면 어디까지라도 함께하겠어요. 아니스 님."
기상천외한 전생 왕녀와 쿨한 천재 영애의 만남이
나라를, 세계를, 두 사람의 미래를 바꿔 나간다!

사랑스런 두 사람의 왕궁 백합 판타지 개막!

NOVEL

라이트노벨의 새로운 빛! L노벨의 신간은 매월 10일에 발매됩니다. http://cafe.naver.com/lnovel11

그날, 신에게 바랐던 것은 1~2권

하즈키 아야 지음 | 플라이 일러스트 | 송재희 옮김

슈쿠세이시에만 피는 세계에서 가장 아름다운 기적의 꽃「미라크티어」.
그 꽃에는 1년에 한 번, 하얀 신에게 대가를 바치면
어떤 소원이든 이루어진다는「별의 행혼」이라고 불리는 전설이 있다.
하지만 17세 생일에 카자마츠리 토와가 만난 선배,
오미 토카에게 신이 부과한 것은 대가가 아니라 하나의 시련이었다.
그날, 그녀가 꼭 이루고 싶다며 신에게 바랐던 것은.
그리고 시련을 극복한 끝에서 두 사람을 기다리고 있던 다채롭게 피어나는
기적이란—.

1년에 한 번, 소원이 이루어지는 마을을 무대로 펼쳐지는
그와「그녀들」의 상냥하며 조금 아픈 청춘 스토리, 개막.

라이트노벨의 새로운 빛! L노벨의 신간은 매월 10일에 발매됩니다. http://cafe.naver.com/lnovel11

NOVEL